藏一座城在书里，藏一段时光在心间。

夏天，入伏的时候，我们五个常去大雁塔的北广场纳凉，主要是唱歌。夜色里大雁塔亮着灯，看上去又疏远又亲近。我们自称「大雁塔合唱团」。那么大、那么美的广场除了我们，没有其他人了，想怎么唱就怎么唱。那时候真年轻啊。

大雁塔下的歌声

木香是攀缘植物，藤条顺着游廊的柱子攀爬上去，把四方游廊的顶密密匝匝地缠绕住，投下浓浓的阴凉来，日光一照，那阴凉都是墨绿的。那么多白色的小花一起开放，又稠又密，好精神。我常坐在木香藤下的长椅上看闲书。或者出神，看蚂蚁顺着木香的藤条向上攀爬。

西北大学里的木香与青春

两个人去了好多次城墙。夏天的晚上，乘凉，看月亮。去多了，就觉得这城墙不是大明朝的城墙，也不是西安市的城墙，而是我们的、私有的城墙。每一块砖、每一条缝都是。看到城墙就有一种暖暖的踏实。

城墙上

作为邻居，在院子的林荫道、在教工食堂、在大门口的小超市，经常会遇见陈忠实先生。

在食堂遇到他，总能看到他打一份菜，加两个馒头。是的，就是这个伙食标准。吃饭的时候，他慢慢地咀嚼着——在思考？还是牙齿不好了？

陈忠实先生的饭盒

严将军最初在西安城墙景区工作，蹬三轮，是城墙上的骆驼祥子。严将军说这个工作全球最好，拉着中外游客，饱览古城美景，还能挣钱，给他个县长都不换。

市井·严将军

秦腔脸谱比京剧、川剧等脸谱更复杂，
更有装饰性。秦腔脸谱夸张、泼辣、随性，
以扭曲、歪斜、不对称呈现一种特别的美感。

秦腔花脸

槐花麦饭是麦饭里最好吃的。对西安人来说，没有吃槐花麦饭就等于这个春天白白错过了。

槐花是指洋槐，也就是刺槐的花。和国槐没有关系，国槐开花要到夏天了。

槐花麦饭

长安一片月

蟠桃叔

中国旅游出版社

统　　筹：周华诚　王佳慧
责任编辑：王佳慧　胡一鸣
责任印制：冯冬青
封面设计：中文天地
插　　图：施欣仪

图书在版编目（CIP）数据
西安　长安一片月 / 蟠桃叔著 . — 北京 : 中国旅游出版社 , 2022.9
（一人一城）
ISBN 978-7-5032-7011-6

Ⅰ. ①西…　Ⅱ. ①蟠…　Ⅲ. ①散文集 – 中国 – 当代
Ⅳ. ① I267

中国版本图书馆 CIP 数据核字（2022）第 149545 号

书　　名：西安　长安一片月

作　　者：蟠桃叔　著
出版发行：中国旅游出版社
（北京静安东里 6 号　邮编：100028）
http://www.cttp.net.cn　E-mail:cttp@mct.gov.cn
营销中心电话：010-57377108，010-57377109
读者服务部电话：010-57377151
排　　版：北京中文天地文化艺术有限公司
印　　刷：北京金吉士印刷有限责任公司
版　　次：2022 年 9 月第 1 版　2022 年 9 月第 1 次印刷
开　　本：889 毫米 ×1194 毫米　1/32
印　　张：6.5
字　　数：132 千
定　　价：49.8 元
I S B N　978-7-5032-7011-6

与一人，踱一城

（出版说明）

一座城，伫立在历史长河边，披着时间的柔光，看岁月流转、世事变迁。它静默不语，却内涵万千。它的故事，远非走马观花、匆匆打卡可以领略；而是要点一炉香、温一壶酒，与它对坐，慢品细读。

“诗和远方”并不是“生活在别处”，所谓的“别处”，亦是彼岸人家的日常烟火。一座城的故事里，历史波澜壮阔，山川沧海桑田，在彼时彼刻，都是一户户人家寻常日子的点点滴滴。

“爱养心识”，才能“策发神解”。当我们奔波在现代生活的高速轨道上，需要不断地回溯来处，以便汲取滋养心灵的能量，明晰未来的道路和生活的方向。“一人一城”系列即着眼于个体对城市的品读、体悟，每个城市邀请一位当地文化名人作为“向导”，深入城市风貌、历史风情、过往人物，以及街巷市井、在地美食、时下生活。作家用微温的笔触，带领读者深入城市的角落，行走之间，让一座城市的气质、气息、气韵自然浮现出来。我们相信在这样的个人视角中，一座城市在漫漫光阴里沉淀下的温暖，将会浸润和拥抱我们的此时此刻。

本系列的作者，都在当地生活多年，对他们所在的城市有深刻的体验、观察，他们与那座城市耳鬓厮磨，读城，读人，读生活；文字里不减其厚重，又添如许亲切与灵动，字里行间，处处贴着地气，洋溢着生活的细节与微光。而这也是我们所特别珍视之处。相信这个系列，将带给读者不一样的阅读感受。

2021 年推出“诗意栖居 × 人间烟火”，分别为鱼丽的《上海　海上风情录》、金泓的《苏州　吴门酒一杯》、吴卓平的《杭州　钱塘风物好》，以细腻清雅的笔触在都市生活的日常里寻踪一缕江南烟雨的风致。

2022 年推出“悠悠古意 × 市井人家”，分别为华静的《北京　闲笔识京华》、周水欣的《南京　金陵深深处》、谢伟的《成都　锦城诗酒花》、蟠桃叔的《西安　长安一片月》，用酣畅醇厚的笔墨，穿越千年的光晕，落在城里人一行一坐、一饮一食的朝暮晨昏。

“与一人，踱一城。”我们可以在书里，跟随一位当地文化名人，去翻阅一座城市的前世今生，我们也希望你能和生活中很重要的亲人、朋友、伴侣，慢慢地踱过一座城的街头巷尾，去触摸时光在那里留下的斑驳痕迹。

在人人向往“诗和远方”的时代，我们希望旅行不是一场出走，而是一次通过文化细读实现的生活回归。这也是在文旅融合背景下，我们对“城市旅游”的一种期待。如果说“乡村旅游”要唤起的是人与自然的和谐，那么与之相对应的“城市旅游”，要追寻的，则应该是生活与心灵的平衡。

“一人一城”丛书编辑部

2022 年 8 月

序

骑驴浪长安

如做古人，我定是不骑马，而是骑驴，陌上缓缓行。

我不是古人。一九七九年生于陕西淳化，十八岁来西安读书，后来就定居在此，不曾走脱。先是进报社做记者，一干二十年。娶媳妇，养闺女，后来又从报社辞职做了闲人，依旧在西安。如果不出意外的话，我是要死在这座城里的。

我住城南，一座老旧小区里满是爬山虎的小楼上。我总是骑一辆破旧的电动车御风而行。这是我的小电驴。接送闺女杨之了上下学，取快递，买菜，去图书馆借书，吃肉丸糊辣汤，找狐朋狗友吹牛……我都骑它。心情不好了，骑到街上转转，看看风景，看看美女，也蛮解压的。

特别是夏天，在悬铃木或者国槐的阴凉里，追着凉风行进，街巷甩在身后，真有乘风破浪之感。心情舒畅，烦忧俱忘。不知不觉就多过了几条街，天色暗下来。抬眼看见晚霞，城市勾出轮廓。

雨天，冬天，骑不得。雨天不安全，冬天冻成冰棍。那就好好在家待着，夜里不睡，刻桃核，或者写文章。辞职后基本就靠做这一刀一笔两件事糊口了。

这几年来，我之所写多为西安。西安也确是写不尽的。

我写曾经呼啸着穿城而过的双层公交车六百路，车上我遇到了形形色色的人，也透过车窗看尽了街市风景。

我写西安逐渐消失的城中村，这里喧嚷脏乱，这里繁华易逝，我曾经在此住过五年，这里有我的青春。

我写西安的美食，我是“老陕肚子”，好碳水，爱辣子。吃不够羊肉泡馍，离不了肉丸糊辣汤。

我写西安的市井人物，如开蔬菜店的楼师呀、烤肉的龙龙妈呀、做生意大起大落的涛涛呀……

我写身边的朋友：开培训班的老寇、开农家乐的剩饭哥、秦岭山中的隐士志峰和尚、“吃面表演艺术家”仇一凡……

我还写我自己，写我的相亲史，写我在南稍门被偷了手机，写我在大雁塔北广场被喷泉打湿了头脸，写我去早市买荷花，写我在夜市摊子拿着烤肉签子默默流泪，也许是因为烟熏了眼睛……

这些都是我的生活，拼凑起来，就是我的西安，就是“藏一座城在书里，藏一段时光在心间”。

这些文章一篇一篇写完了，除过杂志，多在西安本地一个叫“贞观”的公众号上发。我喜欢看“贞观”读者的留言，他们基本是老陕，所以评论区里有油泼辣子般的热辣滋味。爱我的，夸我幽默深情不装，夸我的文字里有烟火气。也有烦我的，说我是“胡吹冒料”哩。但是，我再发一篇，他们还看，还说我“胡吹冒料”。我哈哈一笑。我知道，爱我不爱我，不重要，重要的是大家都爱西安这座城。

二〇二二年一月的某一天，“一人一城”丛书的编辑通过网络联系到了我，约稿该丛书的西安卷。惊喜之。因为这是正中下怀，我本就打算写一本这样的书。后来意外发现，该丛书的统筹周华诚老师是我大师兄在鲁迅文学院的同学，更觉亲切了。一切皆是缘法吧。

整理了一些旧稿，又抓紧时间补了新的，一半一半吧，这本“一人一城说西安”的书就有了。

一说起西安，少不了就是秦始皇的兵马俑、杨贵妃的华清池、唐玄奘的大雁塔……还有就是那首歌谣唱的：“钟楼长，鼓楼方，端对城墙。古阿房，夜未央，闲打打浪。大老碗，咥泡馍，关中豪爽；美成马，嫽得太，古韵秦腔。西北狼，秦川牛，生性坚刚……”这些，人人皆知，我就不说这些老生常谈了，也不必网上复制粘贴凑字数蒙人了。我只讲自己亲历的西安故事。说家常话，讲寻常事。深情隐纸后，笔端诉平常吧。

打个比方，我不说西安钟楼里有个景云钟，六吨重，铜锡合铸，铸于唐睿宗景云二年，原为景龙观钟楼所用，明初移至现西安钟楼用以报时。每年除夕之夜我们听到春晚的新年钟声即是此钟声。不说，不说，这些我统统不说。

我只说，我和钟楼有上万次的照面。我有近二十年，每天上班下班都会路过钟楼。钟楼四四方方的，像蹲了一方大印。每次路过，我都会不自觉地把目光投向它。它永远沉默，熙熙攘攘里，这沉默是这个城市的沉默，无视这城中各色人等的悲喜、离合、来去、生死。我常常会想，会不会有一次，哪怕此生只有一次，当我路过钟楼时，正好钟声响起。那一刻，我的心和它用一个频率共鸣。

对，我会写点这个，多多少少有点傻气。可是，这又有什么关系呢？

诸君读了此书，如果觉得还有些滋味，若有机会亲来西安细逛，就更好了。我书里所写的是我眼里、心里的西安，你所游历的是你眼里、心里的西安。两相对照，岂不有趣。

这些年来，我游历过不少地方，塞北江南都去过，最合我脾胃的还是西安。只有在西安，我才是舒展自在的。我不钓鱼、不打牌、不看球，最大的消遣就是骑着小电驴带着女儿杨之了在西安城中乱转了。用西安话来说，这就叫浪长安。浪，水波也。随性而游才称得上浪。多么逍遥快乐啊。

我们父女俩去书院门看网红扇子哥蹲在路边画扇面。

我们去曲江会特意路过大雁塔南广场，就为看一眼钻天的风筝。

我们常带了馒头去西安博物院喂锦鲤、喂野猫，看石人石马。

一直往南骑，过了大学城，过了香积寺，隐隐见秦岭的终南山。

去年，我们去回民街的老巷子看日本飞机扔炸弹留下的弹痕。

大夏天，我们跑到师大路口在小摊上偷偷吃一碗冰粉。

我还曾带她去我的母校西北大学的木香园看孔子塑像……

必须承认，西安对于我来说，是那么厚重深沉，我只是采撷了一些浮光掠影罢了。但这绝对是一本有滋味的书，希望诸君通过这些文字，随我一起骑驴浪西安。愿我们一起的旅途中，花果芬芳，欢歌以咏，好风拂面，时有惊喜。

记得，去年夏天，骑着小电驴，载着杨之了游泳归来，穿行在西安的夜色里。突然闻到花香，勾芡一般的浓稠。杨之了问我是什么香气。

我大声说，桂花开了。

目　录

第一辑 >>

钟鼓 朝昏

老此身

ZHONGGU

ZHAOHUN

LAOCISHEN

大雁塔

小时候，住在小县城，逛西安是件幸福的事。逛回来就有人问，吃羊肉泡馍了吗？答，吃啦。再问见大雁塔了吗？答，见啦。又问：大雁塔啥样子呀？

最标准、最俏皮的答案就是："七层子，四棱子，二十八个窟窿子。"

这话没错，不信去看，大雁塔高七层，造型简洁却很有气势。坚挺平直，四棱见角，每层四面都有券砌拱门，那就是所谓的二十八个窟窿子啦。

等我后来成了西安人，又有外地朋友常常问我，大雁塔好玩吗？我其实不知道如何回答。倒是想起前几年，网上有一条很火的街头采访短视频。视频中，记者在大雁塔脚下采访某个看似平平无奇的平头大哥：先生您好，您是西安本地人吗？您对大雁塔了解多少？

平头大哥：（不耐烦，陕西话）大雁塔？烂怂大雁塔有啥看的？……是不是要上电视？啊，那等一下。（迅速转普通话，播音腔）大雁塔是公元六百年玄奘法师从印度取经归来，唐皇帝为了歌颂他的丰功伟绩，在大慈恩寺为玄奘法师建造了这座大雁塔……

平头大哥变脸之快，令人忍俊不禁，同时也让人感叹，西安人有文化哩。这段视频火了后，“烂怂大雁塔”都成一个梗了。

哈哈哈，明明是宝相庄严大雁塔，偏偏说是烂怂大雁塔。这和说自己的娃是犬子、自己的老婆是贱内，一个道理，其实是西安人变相地炫耀哩。外地人要是说烂怂大雁塔，那是非要和你拼命不可。

哦，对了，需要纠正下，大雁塔建于公元六五二年，不是公元六百年。平头大哥有口误哦。

我所掌握的基本情况是：大雁塔始建于唐朝。为了收藏玄奘法师从印度带回的经像舍利，唐高宗李治下令在长安城中的慈恩寺内建造了大雁塔，也叫慈恩寺塔。初建时五层，砖面土心，不可攀登，每层皆藏舍利。后加盖为十层，巍巍然，堪称唐代的摩天大楼。

武则天当政时，又把大雁塔改建为楼阁式的青砖塔，七层，平面呈方形。至此就可以登临远眺了，加上毗邻“三月三日天气新，长安水边多丽人”的曲江，大雁塔就此成为地标建筑和打卡圣地了。王维、李白、杜甫、韩愈……哪个没来过？游寺登塔，凭眺长安，少不了吟诗作赋，抒发情怀。翻翻《全唐诗》，写大雁塔的诗真不少哩，都是说大雁塔的高耸和雄壮。

杜甫说它："高标跨苍天，烈风无时休。"

岑参说它："塔势如涌出，孤高耸天宫。"

张乔说它："列岫横秦断，长河极塞空。"

章八元说它："十层突兀在虚空。四十门开面面风。"

慈恩寺在唐末遭遇兵火，殿宇俱毁，只有此塔保存了下来，但也残破不堪了。明代万历年间重修大雁塔，维持了唐代塔体之型，在塔外包砌一层厚砖。磨砖对缝，坚固异常，属于精品工程。其塔砖用黄泥精制，敲击有金属之声，砖上还有匠人手印，出现坏砖时可据此问责。至此，这次大修后的大雁塔大约便是如今我们看到的大雁塔了。

大雁塔是佛塔，但它更是天下万千读书人追求荣耀之塔。因为在唐朝，大雁塔是金榜题名处。凡考中进士者，先在曲江欢宴，然后聚于慈恩寺，推举擅书者将考中者的名字写在塔壁上，这些人中若有人日后做到了卿相，还要将姓名改为朱笔书写。此即谓之"雁塔题名"。即使现在，一些西安人在孩子高考前，也要去大雁塔拜一拜呢。

白居易年轻时一举中第，很骄傲，所以有"慈恩塔下题名处，十七人中最少年"的诗句。

杜牧家世好，翩翩贵公子，《阿房宫赋》早已让他天下闻名，也是少年得意，那年全国录取三十三人，他排第五。大雁塔下留名时，杜牧遇一老僧，攀谈起来。杜牧报上姓名，满以为老僧会追星，要签名留念。谁知老僧一脸淡然，和大雁塔一般四平八稳，这让杜牧颇感失落。

人世间的风月繁华、功名利禄，在佛门禅宗看来不过都是不值一提的过眼烟云。杜牧若有所悟，收敛了一颗轻狂的心。于是留下了一首这样的诗来：“家住城南杜曲旁，两枝仙桂一时芳。老僧都未知名姓，始觉空门气味长。”

在塔下，人确实会觉得自己是渺小的，因为我就有过这样的感受。

那是在一九九八年。当时我来西安上大学了，周末就到处逛，华清池、兵马俑都逛遍了，如何少得了大雁塔。如果没有记错，是和几个同学相约一起去的，学生票五元钱。

进慈恩寺后，别的同学都去登塔了，还要另外买票。我没有登塔，只绕着塔身走了三圈。倒不是为了省钱，一是小时候来西安逛大雁塔随大人上去过；二是心里对这塔有了敬畏，觉得不必登临，静静地在它的脚下看一看就好。

大雁塔适合远观。没有花架子，端端正正、稳稳当当地往那一站，盛唐的气象就出来了。顶上的云飘过来都凝神静气地，不敢轻飘了。

大雁塔走近了看，也是有看头的。底层基本上是唐朝时候的样子，四门洞的石制门楣与门框上，还留有唐代线刻图案。西门上的线刻殿堂图尤为珍贵，传说出自唐代大画家阎立本和尉迟乙僧之手。南门两侧，则镶嵌着唐代大书法家褚遂良书写的两块石碑。一块是唐太宗撰写的《大唐三藏圣教序》，另一块是唐高宗撰写的《大唐三藏圣教序记》。碑上字体清秀潇洒，由于建塔之初即安置在塔壁内，深近三米，避风遮雨，所以至今保存完好。

我虽然不懂书法，却也知道《圣教序》是无价国宝，不免装模作样地多看了一会儿。用陕西话说就是狗瞅星星，不知稀稠。

小时候看大雁塔能懂什么呀。只有那天，在塔下，游人虽多，心里却澄静清朗。我无限地缩小，塔无限地放大，在那一刻仿佛涉水于平静而深邃的巨渊之中。那是我一生中都难忘的记忆，我不知道别人有没有这样的感受，也不知道这种感受能否用“好玩”来形容。

庙里多柿子树，当时是秋天，柿叶红了，我们几个同学都捡了柿叶留念。我后来才知道，应景了，因为这里的柿叶是有故事的。据说唐朝书法家郑虔少年贫寒，住在慈恩寺，以柿树红叶当纸，以塔为伴，刻苦学书。此为“柿叶作书”的典故。

大学毕业后，我们那一茬人大多留在西安了，没有什么钱买房，基本都是在城中村租房子住，作为过渡，艰苦奋斗。和郑虔一样，我们也在少年贫寒时。

我有个关系很铁的中学同学，也是我的老乡，叫张大器，在大雁塔附近的党校上班，住在大雁塔附近的雁塔村，还撺掇我搬过去和他搭伴，说那里的盖浇饭好吃，那里的妹子水灵。我去了。这一去，与大雁塔相依相伴了五六年。亦是缘法。

雁塔村好啊，房租便宜、交通便利、市场繁荣、物价稳定，而且出门就可以看见高耸的大雁塔，暮鼓晨钟的，沾了寺庙的仙佛之气。你说住在这里好不好？

村里住的妹子确实水灵，张大器没多久就在村里交了个女朋友，叫黄艳丽。陕南妹子，职业导游，眼睛眨巴眨巴会说话，还有一肚子培训得来的历史知识。有一次，在大雁塔南广场玄奘法师的巨型雕塑下，黄艳丽考我和张大器，朝也大雁塔，暮也大雁塔，可知大雁塔为啥叫大雁塔？

结果把我俩给问住了。望望远处的大雁塔，面如鸡冠不能答。

黄艳丽告诉我们，说法很多，她给游客常讲的版本是：天竺的摩揭陀国有一僧寺，信奉小成佛教，不忌荤腥。有天，一和尚见大雁飞过，祷告之："僧房无肉，大慈大悲的菩萨，请施舍一只大雁吧。"话音未落，领头的大雁折翅坠地。和尚大惊，认定是菩萨显灵，遂在大雁坠地处建造石塔，名为大雁塔，并戒绝荤腥，改信大乘佛法。玄奘法师西行取经时见过此塔并深爱之。慈恩寺的大雁塔在修建时不仅样式仿照了摩揭陀国的大雁塔，连名字也一并拿来了。摩揭陀国的大雁塔后来塌了、没影了，就连摩揭陀国也烟消云散了。倒是这慈恩寺的大雁塔挺立一千三百余年而不倒。

黄艳丽又说，古人建塔有巧思，利用了不倒翁原理。明朝时，大雁塔地震中裂成两半，缝可容一拳。三十多年后，又来了一场地震，裂缝却在一夜间神奇地合并了。除过大雁塔，小雁塔也是如此，裂而合，合而裂，就是不塌不倒，风风雨雨硬挺着。

听了黄艳丽所讲，我就想这倒像《三国演义》开篇之言：天下大势，合久必分，分久必合。又觉得这也像我们“陕西冷娃”的性格，也就是国学大师吴宓概括出的陕西人的群体性格“生、冷、蹭、倔”四字。

在雁塔村，我们还接待过国际友人。我和张大器有个关系好的中学女同学是学日语的，她有次带了一个日本朋友来找我们玩。那是个在西安留学的女孩，叫作石川明子，谦和乖巧。我和张大器尽地主之谊，少不了请她俩在村里吃了盖浇饭，又陪着逛了大雁塔。那段时间，我和张大器可没少带朋友逛大雁塔啊。

看得出，明子很是喜欢大雁塔，真心喜欢，非敷衍客气。我们三个也脸上有光，好像大雁塔是我们家的祖产一样。当时大雁塔附近还有个地宫，又带她去地宫逛了。里面有慈恩寺的镇寺之宝，玄奘法师顶骨舍利。

尴尬的是，明子吃了城中村油大的盖浇饭，地宫里阴冷，一出来，就捂着肚子要上厕所。二十年前，大雁塔附近倒是有公厕，就一个，那种常见于北方农村的旱厕，需要粪车拉粪清理的。其腌臜埋汰程度可想而知。明子迟疑了许久，脸都憋红了，最终还是进去了。我们三个心怀愧疚，在厕所外沉默了。唉，大雁塔带给我们的骄傲，被这个厕所杀得片甲不留。

雁塔村住了一年，要修大雁塔南广场，这个村子三下五除二就拆了，我和张大器他们只好搬家到了庙坡头村。庙坡头村在唐代慈恩寺山门遗址附近的大坡处，所以叫这个名字。搬过去，又要修大唐不夜城。我们又搬家，搬到了后村。这个村子因为在慈恩寺后门外，所以叫后村。搬来搬去，还是和大雁塔脱不了关系。

寓居后村时的房东告诉我，直到二十世纪八十年代，因为当时西安的城市规模尚小，大雁塔周边还都是大片大片的麦地，很荒凉。我的脑海里就浮现出了风吹麦浪，大雁塔都跟着晃呀晃的景象来。

等我有了孩子，常给孩子买绘本，有次看日本画家安野光雅的《旅之绘本·中国卷》，里面就画了西安的大雁塔，正是如房东描绘的那样，宝塔庄严，身处在一片翡翠麦田之中。一查资料，果然，安野光雅是在一九八五年开始“北京—大同—洛阳—西安”写生之旅的。当时是中日关系蜜月期，日本电视剧《血疑》前一年在中国热播。

在大雁塔周边居住的那几年，我目睹了大雁塔周边的巨变。用一个用滥的词就是“华丽变身”。当然，这只是西安城市面貌发生改变的一个缩影。如今，大雁塔景区和其毗邻的大唐不夜城已经成为西安最干净、最漂亮、最热闹的地方之一，不光游人多，本地人也常去耍呢，人山人海的。

有时候我会想到日本女孩石川明子，如果能再来西安，一定要带明子看看新的大雁塔呀，最好再请她上个厕所。可惜安野光雅先生不能同来看雁塔新貌了。这位热爱中国文化的画家几年前已经去世，享年九十四岁。

在后村住了三年，算是住得久了。当时除了张大器和黄艳丽，我们报社的同事花花子和丁眉也住后村，人多势众，颇热闹。

夏天，入伏的时候，城中村的房子墙皮薄，一晒就透，屋子热，没法睡。我、张大器、黄艳丽，以及花花子和丁眉，我们五个常去大雁塔的北广场纳凉，主要是唱歌。那时候，已经是深夜了，人群散去，喷泉歇息，夜色里大雁塔亮着灯，看上去又疏远又亲近。

我们常唱“大家一起来称赞，生活多么美。我的生活和希望，总是相违背。我和你是河两岸，共饮一江水”。

也唱“城里的月光把梦照亮，请温暖他心房。看透了人间聚散，能不能多点快乐片段”。

唱得最多的是“没有什么能够阻挡，你对自由的向往，天马行空的生涯，你的心了无牵挂”。那是许巍的《蓝莲花》。

深夜的广场凉风习习，舒服得很，我们一唱就唱到三四点，我们自称“大雁塔合唱团”。那么大、那么美的广场除过我们，没有其他人了，想怎么唱就怎么唱。那时候真年轻啊！

在后村住了三年，算是住得久了。后村最终也面临拆迁，我们亦到了成家立业的时候，于是我们的大雁塔合唱团宣告解散。笑泪满面，青春散场。

二〇〇六年，我在大学城买房，张大器和黄艳丽安家在了西影路，丁眉婚后随老公出国了。

花花子则单枪匹马去了北京，做起了北漂，干老本行，在某报社做娱乐记者。花花子有次采访了歌手许巍。许巍是咱们西安娃，她就说陕西话套近乎，说起了大雁塔合唱团的往事，说她曾经天天大晚上不睡觉和朋友在大雁塔北广场唱他的《蓝莲花》。

许巍一听，笑了，告诉花花子，那首歌就是他写给他的偶像——西天取经的玄奘法师的。那首歌正是他去了大雁塔以后写的。许巍说我们在大雁塔底下唱这首歌，是对的。

那一刻，花花子愣了一下，也不知道是想到了什么，就热泪盈眶了。许巍给流泪的花花子递了纸巾。

花花子微信的头像就是大雁塔。花花子曾在塔下住过五年，那是她一生中最美的年华。

回民街

逛西安不能不去回民街。那里永远人山人海。

到了西安，先寻钟楼和鼓楼。鼓楼以北就是北院门，一眼可见繁华热闹，别迟疑，奔赴而去，顿生欢愉。老字号的清真饭店一家挨着一家，有年岁了，青石板的路面被踩得溜光水滑，能映出路边国槐的影子。人流多，街就成了步行街。人多，你看我，我看你，彼此眼中，俱为风景。

这就是到了回民街了吗？是，也不是。西安的回民街根本就不只是穿过了鼓楼后北院门这一条街，还有化觉巷、洒金桥、大皮院、广济街、西羊市、大学习巷、大麦市街、桥梓口、庙后街等一连串的街区，大着哩。

其实，西安人说起回民街还有一个称谓，叫回坊，这是西安回民世居的地方。回坊号称“七寺十三坊”，穆斯林依清真寺而居，从隋唐始，此地便是如此。这里聚集着约三十万的回族居民，我们称其为坊上人。坊上人女戴头巾、男戴小帽，上年纪的必留胡须，甚威严。坊上的姑娘是美丽的，高鼻深目且肤色白皙。一笑，使人迷醉。

坊上人家十有八九经营传统清真饮食，且都是祖业，所以回民街是百年的美食街。爱去回民街逛的，必是好嘴的，比如我。奈何我有选择困难症，每次去了都要纠结。老米家的羊肉泡馍自然是好的，只是太占肚子，吃了这个就吃不了别的。定家小酥肉配上大米饭绝对过瘾，盛志望麻酱酿皮配个八宝稀饭也很解馋。宏顺祥卤汁凉粉号称黑暗料理，可我觉得那是味蕾炸弹。可是，伊古斋现炸的黄桂柿子饼卖相那么诱人。到底吃啥呢，吃啥呢？肉丸糊辣汤、蜂蜜凉粽子、粉蒸肉、灌汤蒸饺……哎呀呀，香风一吹人都站不稳了。嗨，就一个肚子一张嘴，到了这美食扎堆、老店打架的回民街，吃啥还真是个难题。

文玩界有句自我安慰的话，就是“过眼即是拥有”，太贵了，买不起，可不就这么哄自己嘛。我把这话拿到回民街，就是“过眼即是品尝”。时常去回民街逛逛，过个眼。咱用眼福来替代口福。

最好是晚上去，仿古的街巷灯火明灿，人有仙街闲游之感。而浓得散不开的烟火气又告诉你，这是热腾腾的俗世人间。

路过“红红酸菜炒米”，一过眼，想起上大学那会儿常来光顾，一大份酸酸辣辣的酸菜炒米，配上一把麻酱毛肚，再灌一杯冰镇的酸梅汤，吃得肚子滚圆、饱嗝泛起，足以慰藉穷学生的心和胃了。

路过“刘纪孝腊牛羊肉”，一过眼，想起自己曾经在这里排长队买腊牛肉，有人插队还被老板批评了，老板问他西安人的素质呢。那人赶紧辩解说他急着赶飞机。

路过“马二酸汤水饺”，一过眼，想起和老婆谈恋爱的时候来这儿，两人要了半斤韭黄牛肉馅儿的，分着吃，很满足，可见已经确定关系了。

路过“陕拾叁冰淇淋”，一过眼，想起自己还没有吃过哩，听说居然有油泼辣子味的冰淇淋，有机会了定要尝尝。哼，不好吃就不给钱。

看着看着，就忍不住了，随便走进某家店，别人吃啥咱点啥，基本不会踩雷的。等出来，又要多走走，因为必定吃多，要消食。消食时难免会感叹：唉，有这回民街在，西安人提起减肥就有点力不从心。

回民街好吃，也好玩，回民街最好玩的是人气很足的西仓早市。可以说，没有逛过西仓早市的不是真正的西安人。

西仓在隋唐时是朝廷的粮仓，后来废弃了，仅存地名。清朝时，此地驻扎着八旗兵。旗人爱玩鸟养虫，常提着鸟笼、揣着蝈蝈在此淘换。久而久之，形成了花鸟鱼虫市场，并且延续至今。说是花鸟鱼虫市场，其实啥东西都有，几百家地摊，吸引上万人来逛，那叫一个热闹。除过花鸟鱼虫，更有卖文玩杂项的，卖人参鹿茸的，卖干果蜜饯的，卖伟哥神油的，卖针头线脑的，买旧书旧货的……不买，看看都过瘾，真是一个好耍的地方。因为仅在周四和周日的早上到中午这段时间开市，所以叫西仓早市。钟楼鼓楼是西安的面子，西仓早市才是西安的里子。来西安玩，西仓早市可不要错过了。

我有个大学同学，叫聂涛，做手机生意赔了，房也卖了，媳妇也跑了，可日子还要过呀，人家能屈能伸，网上搞了一批建盏，摆地摊，重头再来，地方就选在了西仓。

聂涛右邻是个卖蝈蝈笼子的老汉，戴个老花镜，现场制作，实实在在的手艺人。那老汉看聂涛大夏天也不戴个帽子，在大日头底下晒着，一额头的汗水，就给他讲西仓的故事。

说原来西仓有个卖紫砂壶的，那壶不是正经东西，化工泥料，看着好，其实有怪味，刺鼻。周围四邻这些摆摊的都说，做这黑心生意，这货迟早要被熏出癌症不可。不到一年，卖紫砂壶的果然得了癌症，没几天人就没了。不过，是太阳晒出的癌症，皮肤癌。这事一出，整个西仓摆地摊的统一戴上帽子、抹上防晒霜了。

聂涛吓得也戴了帽子。更令他害怕的是，一个月了，居然没开张，邪门了，一个建盏都没卖出去。聂涛心慌了。老汉又给他指点，说："逛西仓的人看着多，其实来来回回都是那么些人，这些人一看你是生面孔，谁知道你是不是打一枪换一炮的，那肯定不买你的东西嘛。非要等你熬成熟脸了，他们记到心里了，才往你摊子上扑哩。人气一天一天攒着，攒够了就成财气啦。总之，急不得。就像咱陕西婆娘烙锅盔一样，火小小的，慢慢烙，一面烙好了翻一面，继续慢慢烙。"

聂涛一听这生意经，心想：嗨，和卖手机的道道不一样啊。果不其然，又熬了一段时间，人人都知道西仓有个卖建盏的涛涛，这才渐渐有进项了。虽说离发家致富还差得远，但是最起码饭钱和烟钱能包住了，生意好的时候，还能攒下一张两张的。

有一天，他摊子上来了个人，聂涛头一抬，是他爸。他爸拿了个饭盒，里面是俩油糕、俩粽子。那天是端午节。老子来看儿子，在回民街摊子买的，还热乎呢。聂涛眼圈红了。

有天，我逛西仓，碰见聂涛了，他非要让我拿一个建盏，随便挑，不拿不让走。说实话，我不懂建盏。还有就是，人家是做生意呢，咱又不是土匪，白拿不合适。聂涛再三让我拿，说不拿就是看不起他这个老同学，我就犹犹豫豫拿了个小的。

聂涛拍手笑道："有眼光啊，挑了个最贵的。那是个正儿八经的柴烧的'银兔毫'。"

我有点不好意思，正好到午饭时候了，早市也开始散摊了，我邀他去吃饭。我们逛到大皮院，要了锅贴和鸡蛋醪糟。鸡蛋醪糟端上来了，我喝了一口，随口夸味道正。

大胡子老板骄傲地说："醪糟是桂花醪糟，鸡蛋是喜平鸡蛋。"

啥是喜平鸡蛋？我就不懂了。聂涛在一旁解释："你这都不知道啊，张喜平卖的鸡蛋就是喜平鸡蛋嘛。"

原来，张喜平是回民街的名人。他六十来岁，小个子，终年戴个毛线帽子，眼睁着，却看不见，是天生盲。腿也有疾，静脉曲张，一瘸一拐推着一小车的鸡蛋，跌跌撞撞，沿街叫卖："卖鸡蛋嘞，卖鸡蛋嘞。”这一卖就是三十多年，喜平鸡蛋和那些老字号的店铺一样，已经成了回民街不可或缺的一部分。

天一麻麻亮，张喜平转两趟公交车，幸有公交司机帮忙搬鸡蛋上下车，这才能从郊区家中赶到回民街。一车鸡蛋一百六十斤，卖完也到天黑了，挣下一天的嚼谷，回家。天天如此。

最初，他进城卖鸡蛋在西安各处瞎转，打游击，慢慢地，他有了固定的地方，就是回民街。在这里卖鸡蛋，一是饭馆多，鸡蛋需求大，二是坊上人心疼他，方方面面照顾他，早已把他当成老熟人。扶上一把，搬挪个车子，提示往哪儿走安全，这都不消多说的。提个凳子招呼他坐下歇息，端个茶、递个吃食也是很平常的。作为盲人，张喜平卖鸡蛋三十年，从未有人不给钱或少给钱，多给倒是常事。

坊上人家敬重张喜平自强不息，张喜平念着回民街的仁义，三十年来，鸡蛋都是自己一个个从他们村里收上来的好鸡蛋，不敢多挣，微利，一车鸡蛋所赚不足百元。。

靠着在回民街卖鸡蛋，张喜平将女儿供进了大学。如今，张喜平已经舍不得回民街的众街坊了，来卖鸡蛋也就是想听人亲亲地喊他一声“喜平”或者“鸡蛋叔”。

听聂涛说了张喜平卖鸡蛋的故事，锅贴和鸡蛋醪糟也吃完了，我心中感叹：回民街，有味，有情。

六百路

我热爱西安这座城。爱这座城的历史，爱这座城的街巷，爱这座城的小吃，爱这座城的男人和女人……也爱这座城里南来北往的六百路公交车。

二〇〇七年的时候，西安还没有地铁。我的单位在西安的北郊，而我住在南郊之南的长安县。哦，不对，应该叫作长安区了，可是习惯还是叫作长安县。歌手马飞有首《长安县》的歌我们都爱哼：长安县的天是那么地蓝……

住在南山脚下的长安县，每天上下班要坐六百路，也只能坐六百路。

六百路是双层车。

当六百路的车顶擦过林荫树的树梢发出哗啦哗啦声响的时候，当六百路巨大的身躯潇洒地穿过西安古城墙门洞的时候，当六百路在极速行驶中一个大转弯令车身摇摆引人惊声尖叫的时候，当坐在六百路上看西安街市上的一路美景的时候……我就彻彻底底地爱上它了。

我知道，爱六百路的人爱得要命，讨厌六百路的人又讨厌得不得了。

有位仁兄就嫌六百路太过拥挤。

我承认六百路上人挤人，一车人的胳膊腿没有一个不硌得生疼。但是，胳膊压着胳膊，大腿叠着大腿，挤得密密匝匝也算是一种缘分呀。在这人海茫茫的城市里，我们都孤独、都陌生。在六百路上，我们有了一时的交集、一刻的偎依、一瞬的取暖、一刹那的慰藉。虽然我们不曾交谈，但我们往同一个方向而行，这不是同舟之谊是什么呢？

不爱六百路的仁兄又说了："上一百次六百路，九十九次都没座位，站一路回去骨架都被摇散了。"

我就要笑他不懂这是强身健体、修炼武功的大好机缘了。欲练神功，无须自宫。坐六百路就成。看过《神雕侠侣》的都知道，杨过受神雕指导是在海潮中练成神功的。这六百路上摇摇摆摆岂不是模拟海浪？没有座位就赶紧捏紧扶手，马步扎起，凝神聚气，咱们操练起来吧。车朝左晃，身体重心随之左移。车朝右晃，身体重心随之右移。到站了，车门哗啦一声打开，就随之呼吸吞吐丹田之气……一个礼拜下来，恭喜你，你的任督二脉已经打通啦，可担维护世界和平的重任。

说实话，在车厢里人挤人地站着，有时候的确是怪崩溃的。特别是，当一个刚吃过葫芦头就大蒜的黄牙大叔呼哧呼哧几乎要吻上你清秀俊朗的脸庞时，当一个肉囊囊热腾腾的丰满大嫂紧贴你冰清玉洁的身体时，你几乎要一佛出世二佛升天了。可是你微微转头，蓦然回首，发现你的身边挨着一个白莲花般的女孩，你是不是马上柔软起来、甜蜜起来、心旷神怡起来？这时候你就恨不得这六百路永远不要停了……老兄，别美了，该下车啦！下车后，默默送一声祝福，然后相忘于江湖。

持反对意见的仁兄又要说了：“哼，六百路开那么快，迟早要出事的。”

嗨，冤枉。六百路是柴油机，马力大啊。在车多人多的长安路上耐着性子作蜗牛爬，若是一到长安县，路宽车少，少不了要放开了撒着欢地跑。这时候，六百路四米高的车身在狂奔中摇晃，呈玉山将倾的醉酒之姿，太正常不过了。若有安全顾虑，劝君大可不必。咱们几时见六百路翻车过？就安心地体验一下速度与激情吧。

怎么能忘记，坐在六百路的二楼，当车子一路狂飙的时候，那左摇右晃的感觉真的像飞机在跑道滑翔。就差来段空姐的播音了：“飞机马上就要起飞了，请各位乘客系好您的安全带。”花公交车钱坐波音七四七，您肯定赚大发啦。

在西安，六百路作为一个传奇，呼啸而来，绝尘而去，留下一个潇洒的背影告诉你什么叫王者霸气。

没错，六百路就是狂飙突进的六百路、可歌可泣的六百路、排山倒海的六百路、惊天地泣鬼神的六百路，集万千西安“冷娃”宠爱于一身的六百路……

六百路不只有豪迈的一面，它也婉约，它也深情。坐六百路久了，我就觉出了，对我来说六百路其实是硬币的两面。一面是出门进城时的六百路，一面是出城回家时的六百路。

出门时的六百路是我所喜的。

因为本人住在长安县，大学城中有家园。从我家出门坐六百路进城的话，是从起始站点开始坐，一般是有座位的，令人窃喜。

这时，我喜欢坐在双层车的顶层吹吹风、看风景。而且必坐前排，图个超大屏幕，视野开阔。“春风得意马蹄疾，一日看尽长安花。”奇了怪了，古人未坐六百路，为何提笔写此诗?

窗外有树叶子。悬铃木和国槐的树叶子会扫着二层的车窗。我会探出手去触摸，也摸得 指缝的清风。仿佛坐船时候伸手拂水，是一趣也。

有时候闭目养神，听两耳朵周遭的旅客闲话，方言也罢，外语也好，亦是一趣。

六百路的售票员是一景。清一色的精神小伙儿、年轻姑娘，各人的相貌、性格、腔调、做派各有不同，细细品咂，也是一趣也。

这时候的六百路如轻舟快马，车上的我是优哉游哉的。

想回家，要从喧闹的城中杀出血路撤退回南山下的长安县，坐六百路就难了。所以，回家时的六百路是我所厌所惧的。

沙丁鱼罐头般，一车一车都是回家的人。而且有时候半天都不发来一辆。一次我看完电影等着坐六百路回家，等了半个小时都不见它的影子。百无聊赖的我在纬二街街边买了几张即刮型的彩票。想着中了五百万我就买直升飞机回家呀，结果一张都没有中，只能继续苦等六百路。这时候的六百路像无望的爱情，任你苦等就是不来不来偏不来，空教人挂念且焦躁。

半天不来，有时候一来却是扎堆的好几辆——这是在拼火车的节奏吗?

我佛慈悲，六百路等来了，追上了。可是，你别开心过早。你会发现自己若是没有九牛二虎之力，根本就挤不上。像小寨、吴家坟、三森这些大站，把人挤成肉夹馍不是夸张。你只能眼睁睁地看着等来的六百路擦过你的鼻尖离你而去。这依旧如爱情啊，爱情降临了，却不是人人都可以把握住的。

就算罗汉附体、力士投生，你耗尽洪荒之力挤上去了。你又会发现，六百路不再是爱情，而是婚姻了，那张车票就是结婚证。上了车又怎么了，你以为终成正果了，你以为皆大欢喜了？一路的走走停停、磕磕绊绊、拥拥挤挤，恰如凡俗人生里的柴米油盐酱醋茶，是苦是甜只有自己知道了。窗外的风景永远是过眼云、水中月，车厢里的滋味才是碗里饭、身上衣。对了，套用郭德纲的一句话就是：上了六百路，你要有过日子的心。

还好，我经常上夜班，夜里十一点多才坐六百路打道回府，那时候车上的人所幸不多，等等终究有座。都是夜归人，都疲急，车厢里静静的，半车的人闭目养神，面孔是模糊的。另一半人低头翻看手机，手机的亮光在幽暗的车厢里一朵一朵开放，像奇异的花朵。

夜里车少，只要一到路宽人少的长安县地界，六百路就开始加速，呼啸着狂奔于夜色之中。这时候，我就觉得自己也要随之飞起来，飞跃这平凡的生活，飞到一个新天地里去……

几年下来，六百路成了我生活的一部分。没有六百路，很难想象我的生活是什么样子。六百路，是我的赤兔马、我的火焰驹——六百路的车身主色调是红色。

有年大雪，六百路停运一日，我就被困在长安县了。在站台处等了很久，无果，临走时在路边的积雪处用伞尖写下了五个大字：我爱六百路。

六百路是西安的六百路。但是在我的心里，我觉得六百路就是我的六百路，对，蟠桃叔的六百路。

坐上六百路的时候，我是安心的，是知足的。人生如寄，处处为家。六百路真的仿佛是我在西安的第二个家了。

我的六百路会路过一个酒糟飘香的酒厂，会路过一座高高在上的电视塔，会路过几个等待拆迁的城中村，会路过一个叫小白兔的牙科医院，会路过一排一年四季结果的女贞树，会路过一家二十四小时营业的港式餐厅，会路过一个长长的大坡，会路过我的家，会路过你们的家……深夜十一点的六百路，还会路过一个忙碌的临时垃圾处理站。

我的六百路路过了我一生中最美的青春年华。

坐久了，六百路的三十八站我可以背下来，不信你听：师大新区、邮电新区、区政府、零四所、政法大学南校区、金堆城、太阳新城、绿园，再过五站就是金昆家居、三森、电视塔、吴家坟、政法、八里村、纬二街、小寨、长安立交、体育场、南稍门、南门外和南门里，过钟楼是北大街、北门、北关、北稍门、龙首村、方新村、公交六公司……

啊，突然发现，我要是去报考德云社，不会说“报菜名”的贯口，咱可以报六百路的站名。

因为热爱六百路，我在网络论坛上写了几篇关于六百路的文字。网友给留了好多回复：

“六百路是公交中的战斗机，不，它就是西安的交通航母！”

“都没坐过六百路，你好意思说你来过西安？”

“柳巷面，别忘就大蒜。六百路，咱就没坐够。”

……

我这才发现，原来西安有一大批六百路的拥趸。

还有人送我了一个双层车的模型。红色的，酷似六百路。其实是微缩的伦敦双层公交车模。我把它摆在书架上，权当就是六百路。

西安的《华商报》还派记者采访了我。他们写了一个版的稿子，标题是《蟠桃叔的生活从六百路起程》。

我给记者同志讲了很多我在六百路上的故事：

一次，是个晚上，两个人用粤语大声聊天。一车人听不懂，但都想听明白，于是一个个都安静下来，车厢里只剩下粤语在喋喋不休。粤语者最终反应过来，面面相觑，闭嘴了。车内顿时鸦雀无声。然后一车人不约而同笑出声来，将这六百路上少有的寂静打破。

一次，一位母亲晕车，闭目颦眉。五六岁的女儿不发一语，用小手拍母亲的背，以示抚慰。感觉母亲应该是女儿，女儿应该是母亲。我看了小女孩一眼。小小的人一脸严肃，可以用“目光炯炯”来形容。这个小女孩是六百路上给我印象最深的人。我想，这个孩子长大了会是什么样的呀？

一次，六百路上头发带卷的售票员走到我身边检票，因为是第三站，车上人不多，我旁边座位是空的，他便坐了下来，抽空和我聊了几分钟。他推荐我看韩剧《明成皇后》。他下车厢楼梯时，身子都到一层了，还不忘探出头到二层交代我：“看第一部就行了，第二部不好看。”

一次，夏天，特别热，六百路的司机头顶有个小风扇呼呼呼。一个长头发的小伙子上车后给司机塞了一瓶冰镇的矿泉水。司机愣了一下，站起身要推辞。长头发小伙说，你喝，你喝，防暑降温。然后登登登窜到二层去了。挺让人感动的一幕。

一次，冬夜，我坐的六百路是末班车，下车的时候才发现车上只剩司机和售票员了，空荡荡的。下车后，街上也没有一个人影。我冒着寒风朝北走，距我所住的小区还要步行半站路。六百路应该是继续往西走，但是因为要收车，它也打了个方向朝北开去，和我同路了。然后，售票员打开车窗朝我喊："去 ×× 小区？上来，捎你。"

谁坐过公交专车啊？我受宠若惊，赶紧朝打开的车门跑去。上车后，我连声道谢。司机和售票员假装没有听见，目不斜视，装出一本正经的样子，好玩极了。

几分钟后，到小区门口了，六百路停了——我的"第二个家"把我送到家了。至今想起，还觉温暖。

二〇〇九年的某一天，那个写《蟠桃叔的生活从六百路起程》的记者打电话告诉我，六百路双层车不久要彻底退出西安的公交线路了——双层要统统改成单层。

我一下子蒙了。

她要我写点文字，作为纪念。她说香港的启德机场闭关时，香港人突然发现叫了很多年的"启德"多像身边一个温暖男子之名啊。同样，已经融入百姓生活的双层六百路突然退役，势必也会引起咱们西安人的集体不舍。

她还说，羊肉泡馍、钟楼和秦腔是西安的传统符号，六百路、《华商报》和黑撒乐队也构筑了西安的新符号，所以我们应该为六百路做点什么，也是为西安……

我有些不信，因为在我看来，六百路是贯穿西安南北的大动脉，乘客挤得抱团儿，双层车最好不过了。拆了楼房盖平房，下了骆驼跟驴跑，何必呢？

半信半疑了几天之后，尘埃落定了。六百路全线换车，双层车换成了单层空调车，线路号正式变更为K六百路。线路不变。无人售票——那些年轻可爱的售票员也消失了。

不是双层车，六百路还是六百路吗？当然了，以后就叫K六百路，六百路真真就没有了。

哎呀，我本来还打算以后有媳妇了，要在双层的六百路上搞婚礼仪式呢。几年后，我结婚了，换了住所，上下班就换其他路线了。在街上遇到K六百路就会怅然若失、无限感慨。

我曾经把两个水杯、　袋刚从超市买的水果和　顶帽子丢在六百路上找不回来了。而六百路这个在我记忆里永不沉没的“泰坦尼克号”，它高大的影子也消失在呼啸而过的光阴里，找不回来了。

逛早市

我不爱逛商场，我爱逛山、逛庙、逛早市。每到一个城市，我一定会逛当地的早市，因为中国城市的大面貌趋于千篇一律，只有早市可见其细微处的风土人情。

上海一个叫陈翔的朋友知道我有这个爱好，称我是“早市侠”，还说什么“云边磅礴日才出，锅内氤氲汤正开。连枝鲜果犹带露，一一无不待君来”。

西安的早市，家周边的我已逛了个七七八八，烂熟于心。只要不熬夜、能早起，逛逛早市真是妙事。睡饱觉了，人清清爽爽的，晨曦初上，市场熙攘，这份热闹是看得见摸得着的：筐子里的青菜带着露，李子挂着白霜，西红柿被故意捏开露出起沙的内瓤，猪肉是鲜红的，藕像佳人臂，三角起棱的大粽子在清水里沁着，玻璃瓶里的土蜂蜜色如琥珀……即使不买，瞅瞅都是好的。

早市上不光卖菜、卖水果、卖小吃，还有卖衣服的，卖鸡毛掸子的，卖十三香的，卖旧书的，戴个安全帽装建筑工人的小贩卖带了泥的假文物，还有收茅台酒的，修沙发、修床垫的，磨菜刀的……

一些商场里买不到的东西，这里有。比如火柴，比如白蚁药，比如做针线时用的顶针呀、绣绷呀什么的，比如高压锅的配件，比如小孩玩的鸡毛毽子和橡皮筋……

清明、冬至时有卖冥币和白蜡的，在早市的僻静处摆摊，不吆喝，安静的常会让路人不注意踩了摊子。踩了就踩了，也不声张，继续安安静静的。

早市上各色人等俱是五官生动，像夏日雨后荷叶上的水珠子，又亮又活。

说到荷，小南门的早市真有一个拉架子车卖荷花的，从乡下拉进城，就在城墙脚下卖。遇上了，我就买几枝未开的荷苞拿回家插在瓶子里，只要加半碗水，隔天就开花，花朵硕大。秋天，他又卖莲蓬。我不耐烦剥莲子，而且嫌苦，买了莲蓬也是插花瓶的，枯了也好看。

我爱吃洋芋，我媳妇爱吃苦瓜，我闺女爱吃肉，这些早市上都有。除过瞎逛和买菜，我去早市常常是为了吃嘴，因为很多小吃只有早市上才有，比如蜜枣甑糕、炸油条、水煎包……

我大师兄是作家，经常要去建国路作协开会，可以见到贾平凹老师哩。只要去，他必吃建国路马老四河南肉丁胡辣汤，他说，配上葱花饼，绝了。后来只要看见大师兄在朋友圈说吃胡辣汤了，我就知道他肯定去作协开会去了。我疑心他吃胡辣汤的热情比见贾平凹老师要高。我也被勾出了馋虫，心心念念的。

去年冬天，在大师兄的引领下终于吃上了。好家伙，排长龙。一尝，好吃。不过，我觉得他家葱花饼更值一尝，葱香味足，饼酥。河南胡辣汤嘛，我吃不大习惯，我还是更爱西安本地的肉丸糊辣汤。但，总算是吃过了。

早市上，热油茶很受欢迎。油茶是西安的传统小吃。将面粉、杏仁、芝麻加花椒粉用清油炒熟，加水熬成糊状，香味直往鼻子里钻。坊上回民做的油茶里还有牛骨髓，更香。滚烫的油茶放大铜壶里，铜壶穿了大袄，保温。倒油茶很好看，壶嘴一上一下，“凤凰三点头”，碗外一滴不洒。一大早喝一碗热乎乎的油茶，暖胃暖身。油茶里面可以加麻花，嘎吱嘎吱的。吃上这样一碗，才有精神去逛早市。

我最常去的是朱雀路老客运站附近的早市，因为离我家近。那里有家卖搅团的。平常做搅团都是拿着擀面杖在一锅冒着气泡的面浆里搅。秦谚说：“搅团要好，七十二搅。”搅团搅团，不拼命搅是成不了团的。这家店则是精壮小伙子拿个电转，钻头上带叶片，伸到锅里，嘟嘟嘟嘟，好似哪吒三太子转起了风火轮。这是带有表演性质的，使得这家店生意好得不得了，我问了，他们一早上能卖五六百碗。

冬吃热搅团，夏天则适宜吃搅团鱼鱼。外地人见了这工艺品般的小鱼儿，不禁要问咋做出来的。西安人大多憨厚，也有淘气的，则会一本正经地说：“纯手工，巧媳妇一个一个捏出来的。”

其实很好做的，热搅团趁热倒入有孔的葫芦瓢里，下接一盆凉水，一个个搅团鱼鱼就如鱼归大海，沉到盆中。这就做成了。

杨贵妃体胖，至夏苦热。《开元天宝遗事》上说，杨贵妃夏天口含玉鱼消暑。咱们老百姓没有玉，就吃凉鱼鱼，呼噜呼噜吸上一碗，小鱼在肚子里游来游去，遂暑热尽去，腋下生风。

当然，早市上油茶和搅团卖得好，主要还是因为物美价廉。老百姓过日子，就是图个实惠。夏天一大早，趁暑气没有上来，凉凉快快地，我就去早市买水果，油桃、葡萄、西瓜……顺便再捎上两斤醪糟、三张凉皮，两手拎不动了才罢休。能比超市便宜近一半，还新鲜。

当然，图便宜也有上当受骗的，某年早市上有不良商贩用火鸡脖子冒充牛尾卖，骗了不少人。还有一个推三轮卖桑葚的，比别人卖得都便宜，其实是八两秤，甚至是五两秤。有次被我火眼金睛识破了，他还振振有词："放心吧，你根本不吃亏。我秤不准，但是我够便宜啊。"

此人我后来还经常见到，剃个光头，夏天卖桑葚，春天卖樱桃，行骗至今，其志坚也。

早市上买的东西多了难免会粗心大意，把一些付过钱的东西落在摊子上。一根葱、两头蒜的也就算了，但一条鱼、两斤肉我就会心疼。回去取吧，奈何早市散得早，保洁工人一打扫地面，连个尾巴都没有了，仿佛早市根本就不存在。我只能自认倒霉。

我有一个大学同学，诗人，笔名叫南央，家有矿，不食人间烟火。南央说她西安待了这么多年从来没有去过早市，还耸着肩问我:“天啊，老杨，早市上的东西能买吗?”

我的早市她不懂，她送我的《南央诗稿》我也看不懂。我还是去看早市上的招牌吧。那些招牌，有的郑重其事，用宣纸工工整整写了，整整齐齐贴在木板上，是很好的书法作品。有的就随意用记号笔在泡沫箱的盖子上鬼画符，也蛮有趣味的。

电子城市场有个卖梨的，拉了一大卡车梨，车上有个“彬州酥梨”的牌子，又朴又稳，一看就是临了张猛龙碑的。买梨时我忍不住问谁写的。老板答曰他媳妇写的，一脸的骄傲。

有次买菜，见有家卖蒜苗的，挂了个“露天蒜苗美美上市”的牌子。一会儿又见一个“精品南瓜面太太”，很是相映成趣。这“美美”和“太太”都是西安土话，形容程度之深。秦人爱用叠词，坨坨馍、片片面、笼笼肉、洋芋擦擦……有童谣为证:“罗罗面面，油馍串串，猪肉扇扇，蜂蜜罐罐，我娃是个福蛋蛋。”

有一天，我远远看见某摊位上的牌子有“香菱现场退皮”几个字。我心一惊，怜香惜玉起来，马上想到“红楼”里的那个香菱了。这是要退谁的皮，妇联和公安都不管管吗?走近才知道，这香菱原来是核桃的某个品种，刚下树，带青皮的，可以现场退皮。我哑然失笑。

有个卖甘蔗的，牌子上写的是“老品种甘蔗，从头甜到脚”。我爱这句“从头甜到脚”，就买了一根，让老板给我削老皮。老板一边运刀如飞，一边口若悬河，讲晋朝有个姓顾的人吃甘蔗从来都是从头朝脚吃。原来根比梢甜，这样吃，越吃越甜，渐入佳境。成语“渐入佳境”就是这么来的。

我听了很是佩服。西安的小商小贩里确实藏龙卧虎。北大才子当街卖猪肉，就是西安的事，卖肉者叫陆步轩，上了新闻的。

建国门综合市场内也有个卖肉的，叫任新宇，今年五六十岁了吧。有天媳妇给老任端了一碗面，正要吃，来了人要买里脊肉回家做鱼香肉丝哩，老任只好放下面碗急急去切肉。顾客一走，也不吃面了，趴在卖肉案板上写了一首诗：

一碗面条一头蒜，静卧肉案刀相伴。
借问心雨何处去，绞肉切丝饭口间。

老任做的生意油腻，但人是个清朗才子，是提着刀的诗人。

对了，我在西安早市上还遇到三家做生意的，印象深刻，值得一写。

含光门里的双仁府有一家卖豆花泡馍的，老板信佛，十多年来，每月农历十五顾客进店随便吃，不收钱。

西郊火烧壁有五个聋哑人卖淳化饸饹，很多人路远路近都来吃。服务无声，食客有情。

我最常去的朱雀路早市有个卖户太八号葡萄的泼辣嫂子，遇顾客按其性别年龄以亲戚称之，或侄子，或表姐，或表叔，或婶子。我去了，她喊我姑爷。而她确实有个女儿，话不多，一旁默默打下手，过秤，装袋，收钱。是个圆脸的白净姑娘。

八仙庵

我来西安上学后和同学何自在关系好，何自在是西安本地人。听何自在说，城东的长乐坊有个道观，叫作八仙庵，香火很盛，热闹，周边卖古玩的、卖字画、卖旧货的、算卦的，应有尽有，是一个鱼龙混杂的江湖。

何自在他小舅没考上大学，家里让复读，他不去，跑到八仙庵学算卦，混了几年就出师单干摆起卦摊了，最拿手的就是预测腹中胎儿的性别，男娃女娃一说一个准，号称“西北活 B 超”。

他这个小舅梳个大背头，留着黑胡子，看人用斜眼，神神秘秘的，外号叫王胡子。何自在常带我和其他几个同学过去玩，逛完八仙庵就去听王胡子吹牛皮，还管饭，不是葫芦头就是大盘鸡，看样子是挣了钱了。我们这些穷鬼学生为打牙祭，常去叨扰。

去了才知道，八仙庵传说是吕洞宾遇汉钟离，“一枕黄粱”点破千秋迷梦而感悟成道之处。所以，享用香火的是以吕洞宾为头目的八人修仙团。

王胡子告诉我们，八仙庵建于宋，历代都重修过，到后来越修越大。庚子拳变，八国联军进北京，慈禧带着光绪逃到西安时，把八仙庵的东花园当招待所使。

王胡子指着“敕建万寿八仙宫”的匾额，道：“也不能白住啊，慈禧掏银子给八仙庵修了牌坊，并赐名‘八仙宫’。嘿嘿，升级了。过去皇家敕封修建的道观才能称之为‘宫’，例如成都就有个青羊宫，也好耍得很。不过咱西安人还是一直叫八仙庵，就是不改这口。杭州的灵隐寺，康熙帝南巡时赐名云林禅寺，也是没人认账。”

我们听得一脸崇拜，夸王胡子一肚子的学问。王胡子得了意，少不了又给我们再上瓶啤酒，上盘凉菜。

有一次，我们在八仙庵的山门口买了冰棍，一人一个舔着吃，边吃边聊呢，碰见一个白须飘飘的老道，笑眯眯地，被一个年轻的道人搀着进去了，后面还跟着一个俗家衣服的人。王胡子压低声音说：“快看，快看，老神仙，老神仙，理仙道长。”

见我们无动于衷，他就讲了一段故事。“文革”中，八仙庵神像被毁，经卷被烧。监院的道长受了刺激，狂笑而去，杳无踪迹。其余的道士被遣散，八仙庵改作厂房，唯有一人经百般驱赶而不去。这人便是理仙道长。

理仙道长赖着就是不走，遂被勉强安排做了门卫。他箪食瓢饮，安之若素，终日不发一言，闲暇时则手不释卷。隐忍十年，浩劫过后，理仙道长理好花白的发髻，朗笑一声，端水洗地。此后，以一人之力，十年努力，重建八仙庵。

王胡子吸溜了一口冰棍，郑重其事地补充说："八仙庵里木雕泥胎不是神，唯有理仙道长才是真仙。"

我听了，也很敬重理仙道长，因此对八仙庵的印象非常好。那天是雨后，出了彩虹，半挂在八仙庵的屋脊之上。

没过多久，遇上车祸，王胡子没了，那年正好是他本命年，三十六岁。无妻无子。何自在很感叹，算天算地，算男算女，咋就算不出自己的啥劫啥难呢？

此后，我们不再去八仙庵。毕业后忙着糊口，就更没有闲工夫去了。何自在我不知道，反正我有二十多年没有去过了。最近与何自在相约在八仙庵门口碰头，源于一块石头。

何自在前阵子带了媳妇娃去秦岭玩。他媳妇爱吃泡菜，说要捡一块泡菜坛子里的压菜石，一家人就下河寻。何自在捞起一个滚圆的石头，一看，不得了，石头上有个类似敦煌飞天的图案。发现奇石了。

何自在觉得这个石头值钱，想起八仙庵的古玩市场有卖奇石的，想去碰碰运气，发笔小财最好。又想起我不上班，是个闲人，便约我一起去。好久不见了，我自然一口答应。

我路远，怕迟到，早早地去，到了才发现，八仙庵扩修，动静很大，除过那个有"万古长春"四字的大照壁，其余的建筑全被严严实实圈起来了，进不去。周边原来的古玩摊子也不存在了。多年不见，换了人间啊。

何自在冒着一头汗背着一包过来，也傻眼了，不住地说“把它家的”。这是陕西土话，就是“倒霉催的”的意思。

我打开他的包一看，石头确实有花纹，倒是咋看都看不出来是什么敦煌飞天，若要说像，倒有点像他小舅王胡子。我不敢说，心里也有点难过。

我们找了一处高地朝八仙庵内望了一眼，隐隐看见里面的八仙殿和吕祖殿的斗拱。问过附近开商店的，才知道周边新修了古玩城，挪过去了，不远。我们寻过去，还好，有一家经营奇石的店。

进去后，四壁都是架子，上面密密麻麻摆了大石头、小石头、不大不小中石头。点着香，桌上供着已经干了的佛手和苹果，中堂有幅《米芾拜石图》，旁边对联是“奇石尽含千古秀，韶光欲上万年枝”，挺装模作样。

何自在不说来意，先问店里的石头啥价位。一块满花满朵的菊花石八千元，一块七筋八眼的黄蜡石三万六千元，一块有苏轼过赤壁图形的汉江石十八万元……何自在越听越欢喜，偏不显露出来，只是朝我偷偷眨眼睛。

老板是个精明的人，看着光景也明白几分了，沏茶请我们坐了，闲聊，不提一句石头，推开窗，就说眼皮底下的八仙庵。

老板说，长乐坊在唐朝时候是酒肆，李白整天和贺知章等八个酒徒来此饮酒，醉了就写诗。杜甫当时还没有来长安，很羡慕，后来就写了一首《饮中八仙歌》夸这几个人。杜甫最爱李白，写了四句："李白斗酒诗百篇，长安市上酒家眠。天子呼来不上船，自称臣是酒中仙。"因为这个，后人在这长乐坊建了个八仙庵。本是酒中八仙，不想被后人附会成八仙过海的那几位了。要是不信，去八仙庵大殿外看一看，还有一石碑，上刻"长安酒肆"四个大字哩。

渊博啊，不知真假，反正我俩是听呆了。

老板哈哈大笑，说："好了，好了，咱们都不藏着掖着啦，你们的宝贝拿出来瞧瞧吧。"

何自在掏出石头，那老板点头："秦岭的，好石头。"

何自在问多少钱收。那老板却问他想要啥价。何自在坚持让老板说，老板非要何自在说，两人扯来扯去的。我在一旁不耐烦了，伸出一个巴掌，报了个五万元。

老板愣了一下，笑了，淡淡地说："这么大一块背进城来不容易，二百元吧，交个朋友。"

何自在气得背了石头就往外走。老板一声不吭，没有喊留步，也不交朋友了，任我们走，好不尴尬。

怏怏出了古玩城。我知道朝东有唐兴庆宫观鱼台遗址，可去怀古，朝西有罔极寺，便提议可以去逛逛。逛不了八仙庵，卖不了石头，既然来了，逛逛别处也是好的。

特别是罔极寺，本是唐朝的皇家寺院，很有来头，且新修过，洁净，有不少好树好花，还养了孔雀，频频开屏，不矜持。罔极寺的尼姑见人笑盈盈的，有菩萨像。

我空手，何自在背着石头，就不愿去了，还问我："老杨，你说说，八仙庵为啥叫庵，不是人常说尼姑庵嘛。而罔极寺明明是尼姑住的，为啥不叫尼姑庵，要叫寺呢？"

我解释说："庵就是小茅屋。一般来说，较小的修行道场无论佛道，都可以称为庵的。八仙庵以前规模小，所以叫庵。崂山有个蔚竹庵也是住道士的。尼姑修行的场所一般都小，所以常称为庵，世人就以为带个庵字就是尼姑庵。不尽然啊，像五台山普寿寺，武汉莲溪寺，还有咱西安的罔极寺，住的可都是尼姑。"

何自在哦哦地应着，做恍然大悟状。突然他眼皮一翻，瞪了我一眼，说："老杨，你变化大呀。你现在胡吹冒料的样子，让我想起我小舅了。"

何自在这话，让我不敢多言了。其实，说那番话的时候我也心虚呀，万一说错了，西安这地方，藏龙卧虎的，旁边有一个渊博者听到了，岂不丢人。

既然罔极寺不去，我就提议去吃羊肉泡馍，何自在又拒绝了，说要去学校接娃放学。我一听，想起自己家也有学生娃，然后就各回各家。

临走时，何自在嘟囔说去的地方不对，今天不该来八仙庵。他说："你想想，八仙庵，做黄粱美梦的地方。美梦一场空嘛，你想咱们能把石头卖出去吗？"

我想何自在说的似乎也有脚趾甲盖那么大的道理，过了几天，又陪他去了大唐西市，还有兴善寺的古玩市场，我的妈呀，出价更低，一百、八十。何自在终究没有卖出去，这才没有话说了。

我说:“要不，抱回去压泡菜吧。”

何自在说:“早知道还不如那天就把它丢在八仙庵，让它沾沾仙气也是个好事情。”

我说:“老何，你要不嫌沉，等过几天八仙庵拾掇好了，风和日丽的，咱抱上再去就是啦。”

第二辑 >>

谁说 长安居不易

SHUISHUO

CHANG'AN

JUBUYI

木香园

一

一九九八年十月，西安秋老虎，热，我顶着一头汗去西北大学报到。

学校就在城墙的西南角附近，隔着一条护城河和一条马路。城墙的其他几个角都是直角，唯有这个角是圆角。西安人骂谁脸皮厚，就说比城墙拐拐还厚，指的就是这个厚墩墩的圆角。

此前，我对西北大学的印象仅限于作家贾平凹在此读过书，属于“文革”期间的工农兵学员。

入学后果然多次在校园碰到过贾老师。当时贾老师是西大的客座教授，在校内有所房子，大体位置就在西大招待所后面。有一次我鼓足勇气和贾老师打了个招呼，简单说了两句话。

很可惜，没有机缘听过贾老师的课。倒是在西大礼堂听过余秋雨和林清玄的演讲。林清玄貌似达摩，一口温柔的台湾腔，妙语连珠，一个段子接一个段子，台下笑倒一片。过了一年，还是在礼堂，林清玄又被请来，还是妙语连珠，还是一个段子接一个段子。和去年讲的一模一样。

礼堂是有故事的。东北沦陷后，东北大学先迁北平，再迁西安，礼堂为那时所建。现在礼堂外尚有石碑，上刻："沈阳设校，经始为艰，自九一八，惨遭摧残，流离燕市，转徙长安，勖尔多士，复我河山。校长张学良立，中华民国二十五年。"此校长张学良者，即为少帅张学良也。

后来，几经辗转，这个礼堂就成了西北大学的了。青砖红瓦，民国气派。

礼堂往西就是文传学院和文博学院合用的小楼。我在一楼上课。小课小教室，大课大教室。新闻班和广告班有些课是重叠的，一起上，就是大课。

写到此处需要交代一下了。本人非统招生，未考上，那时又没有工农兵学员制了，只能花钱报了西大文传学院开的自考班。有新闻班和广告班，我选了新闻班。

自考生的身份让我又自卑又勤奋，我上课早早赶去，抢占头一排，脸上没少被老师的唾沫星子滋润。

我印象深的授课老师有如下几位。

王春泉老师。书痴，家中藏书万册。有个段子，说地震后，学生发信慰问，得到回复：无他，卫生间的书倒了而已。在西大上的第一节课就是王老师的。正黄短衫，清瘦，讲广告学，问我们可曾写过广告文案。回答是没有。王老师说："情书都没写过吗？情书就是啊。"

我们大笑，下课后有同学给他送月饼。

韩隽老师给我们上编辑学。她是端庄温婉的知识女性。后来我在报社上班，和韩老师因工作关系接触过几次，很觉亲切，不过我忍住了，并未提及当年事。

张羽老师好像是当时的新闻系主任，教新闻写作，风度翩翩。曾在元旦搞联欢时唱"相见时难别亦难，东风无力百花残"，颇深情，实难忘。

周健老师讲中国现代文学史。周老师退休多年，当时已经是老太太了。喜欢一脸严肃地用略带浙江口音的普通话讲作家的花边恋情。中国现代文学史讲成中国现代作家恋情史，真好听。不知道听谁说，周老师是绍兴周家三兄弟的后人，具体是哪一支，不详。某个教师节，我曾经去周老师家送过花。不好意思一个人，拉了别人一起去。

还有一个讲红楼梦鉴赏的老先生，更老了，第一次上课的情形犹在眼前。老先生颤颤巍巍上台，坐定，冷着脸沉默几秒，未开腔先一吐舌头，吐出一片西洋参，然后才嗓子一柔，开讲林妹妹和宝哥哥。到动情处，听得人柔肠寸断。

二

文传院的小楼对面就是木香园。顾名思义，是有木香的园子。木香是攀缘植物，藤条顺着游廊的柱子攀爬上去，把四方游廊的顶密密匝匝地缠绕住，投下浓浓的阴凉来，日光一照，那阴凉都是墨绿的。

等到四月五月，木香花开了，蔷薇科的花，没有不美的。那么多白色的小花一齐开放，又稠又密，好精神。

木香园内有紫薇和银杏，中央有一尊孔子塑像，是台湾淡江大学赠送的。西大另有一个鲁迅的雕像，在图书馆前。因为老来木香园，所以对这尊孔子像非常熟悉。我常坐在木香藤下的长椅上看闲书。或者出神，看蚂蚁顺着木香的藤条向上攀爬。

下课了，同学也会来木香园坐坐，说说笑笑。同学中外省人占到了一大半，以江浙人居多。

王瑞聪是温州的，我们起哄让他说温州话，他不知道说什么，有人就让他说“小姐，买皮鞋吗”这句。王瑞聪很随和的，说了，大家都给逗笑了。后来他在央视拍纪录片，得过国际奖项。

和金华的王敏聊天，我顺嘴说知道金华的火腿很有名。不久，她就送了我一袋。令我很惊喜。我不开灶，就送给我舅舅了。我舅舅在西安，就在长安南路的“唐乐宫”，我周末几乎都去舅舅家吃饭。

新疆的王梅当时已经结婚了，是老大姐。她让我看她老公的摄影作品，天山风光。还让我起标题，可惜我没才，绞尽脑汁，想不出来。

最初我们都住校外，西大西门出去，就在太白路上，边家村工人俱乐部隔壁有个破破烂烂的小院，挂着职工大学的牌子。里面有个小二楼，二楼就住着我们自考生，男女混杂。另有部分女生住西大校园里面的招待所，离贾平凹老师住所很近。

和我一个宿舍的有个同学姓蓝，长发扎马尾，穿宽松衣服，像个搞摇滚的。颓废，晚上不睡觉，白天睡不醒，如懒龙。

自考属于宽进严出，一门一门考试下来，一些过不了关的同学就放弃了。蓝摇滚同学是第一个放弃的。家里给的生活费两天就挥霍完了，不上课了，去街上卖报纸，卖《华商报》。后来，蓝摇滚同学连影都没了，家里人闻讯后还跑到西安来找过。

那时正是长身体的年龄，特别能吃，一天吃四顿饭，因为一到晚上就饿，不吃点东西就睡不着。哪怕吃包方便面也是好的。常常和同学一起上街吃夜市去。砂锅、炒饼，有时候还喝啤酒、吃烤肉。

太白路上当初可热闹了，灯火璀璨，人影攒动，卖小吃的和杂货的摊子把一条街都塞满了。有一家的牛肉面，红汤的，好吃，音箱放着许茹芸的《独角戏》，边吃边听，“没有星星的夜里，我把往事留给你。如果一切只是演戏，要你好好看戏，心碎只是我自己……”那个旋律多年都在脑海里挥不去。

太白路上有个太白商厦，那时候来看是那么高大上。西大门口有家饭馆，叫“将进酒”，感觉很有文化。

第二年，太白路夜市被取缔了，可惜。

晚上吃饱了还是睡不着，可以去看电影，就去边家村工人文化宫看，很近。

也时常看录像，特指通宵录像。学生娃精力旺盛，熬夜看录像是常事。在当时，学校周边的录像厅可多了，很多都是搭建在路边的简易铁皮房子。周星驰的《喜剧之王》我就是在这种录像厅里看的。当然，一到深夜，会放些《蜜桃成熟时》之类香艳的片子，不然臭烘烘的谁来熬夜啊。有人看着看着就脱鞋脱袜了了，还有抽烟的、放屁的。

来看录像的基本是西北大学和附近西北工业大学的学生，男生居多，偶尔会有女生，那就算是惊鸿了。

其实看片子也不用花钱，一到周末，西大的操场也会放露天电影。看的人很多，就站在操场上。年轻，也不觉得腿困腰酸。放过的片子只记得一部《没事偷着乐》，冯巩演的。

有一次，放映前，机器在调试，众人在等待。接着白花花的光柱打到了幕布上。我鬼使神差地伸出手，伸进光柱里，做了一个杨丽萍“雀之灵”的手印。瞬间，幕布上出现了一个巨大的孔雀手影。

然后，整个操场的人都笑了起来。我的心里也得意极了。

西大周边有城中村，住的都是学生，以自考生居多，也有统招生从学校偷偷搬出来住的，图个逍遥快活。自考生在当年号称“十万自考大军”，高峰的那几年自考生从天南海北齐聚西安，各个高校都有自考班，更不用说冒出来那么多民办院校，说十万，还少了呢。后来高校逐年扩招，自考大军就式微了。租房的学生里大半是谈对象的，就像京剧《武家坡》里唱的那样：“我与你少年的夫妻就过上几年。”

我还是想住西大的宿舍里的，毕竟像个上学的样子。当时已经有自考生找路子住进西大宿舍了，我认识一个神通广大的同学，他就住学校里，我通过他也住了进来。木香园再往东就是宿舍区。我先是住三号宿舍楼，后来换到六号楼，最后换到十号楼的研究生楼，一年一换。

印象最深的是，某次球赛过后，也不知道是赢了还是输了，全校的宿舍楼都闹翻了天，学生把脸盆、水杯、热水瓶往窗外扔。噼里啪啦，满地狼藉，楼管吓得不敢露头。我没扔，又不是统招生，我张狂啥呢。

同宿舍的几个兄弟基本是自考生，唯有到了十号楼时有个老哥是正儿八经的研究生，已工作，单位在敦煌研究院。

我永远住上铺，这样可以不用叠被子。半床都是书，基本是在西大附近的大学南路买的盗版书。

宿舍几个人中老姜最年长持重，爱干净，整天洗洗涮涮的。

那时候他已经开始养生，喝茶泡枸杞。我们都在淘气，老姜不声不吭拿到自考大专文凭后，参加了西大的专升本考试，考上了，成了统招生，后来进了报社。

老唐家里很有钱。老唐很有爱，爱女人也爱兄弟。老唐有个侏儒朋友，老唐骑着自行车带着他到处逛，不在乎异样眼光。老唐苦学意大利语，但是他后来留学的是英语国家，先去新加坡，后来又去了英国，回国后也进了报社。

老刘是文艺男，懂哲学，爱电影。后来在北京从事电影行业。他有个绝技是把扑克牌一甩，可以甩到教学楼楼顶，我不羡慕这个。有一次我在宿舍楼下看见老刘和一个校花级别的女生说话，这我倒挺羡慕。后来这个女生在陕西电视台当主持人，我老在电视上见。

晓峰是宝鸡人，才子，书法不错。他爱吃哨子面，有一次去学校附近的面馆吃面，邻桌有几个女生，外省的。晓峰主动给人家讲陕西面食的学问，把几个女生说晕了，结果俘获了其中一个女生的芳心，这女生是西大经管院的。后来两人结婚了，生了个闺女，把她培养成了小才女。

还有一个外宿舍的同学，常来我们宿舍玩，此人戴着黑框眼镜，大头。做过西大某场晚会的导演，此后就有些自命不凡，当然了，才气是有的。后来他失恋了，百思不得其解，千万次地问："我怎么会失恋呢？"

晚上的宿舍最热闹，看小说的，泡脚的，打扑克的，给女生打电话的，那时候打电话还要用电话卡。

宿舍熄灯了还要听一阵子广播。听音乐台的点歌节目，听广播剧，听“不孕不育刘学典热线”。老姜可以惟妙惟肖地模仿刘学典的开场白：“大家好，我是你们的老朋友刘学典……”还学他开药方：“……淫羊藿五钱，蟾蜍一只，蛤蚧一对！”

后来，宿舍有了台电脑，这下谁还听广播呢。电脑是财大气粗的老唐买的，结果被我们霸占了，你两个小时，他两个小时，排队上“小企鹅”和妹子聊天呢。有人排到深夜，就定好闹钟先眯一会儿。那时候“小企鹅”上线了会有咳嗽的音效，咳咳咳，咳咳咳。

有一天，记不清是谁趴在电脑上聊呢，老姜端着洗脸盆进来了，瞅了几眼，鄙夷道：“聊啥呢嘛，一点技术含量都没有，妹子都懒得回你。你看人家老杨咋聊的。”

老杨就是我。我当时趴在上铺看书，听了这话，脸微微红了，我至今都不知是夸赞我还是讽刺我。

三

二〇〇一年的夏天，我离开了西北大学。我在这里待了三年。

此后我想去北京。当时很多毕业生在校园里摆摊处理没法带走的零碎，我离校前也把那些年买的一些闲书卖了，一卖就后悔了。舍不得离开西安，羊肉泡馍没有吃够啊。于是就不走了，落草为寇，占山为王，在西安胡作非为，瞎胡闹了好些年。常路过西北大学，想进去看看，却有情无颜。

直到有女儿了，才厚着脸皮带她逛了一次，看了木香园，还在食堂吃了顿饭。

长安大学城的新校区早已建成，这个老校区于是冷清了许多，更添物是人非之感。木香藤更粗了，孔子像好像朝北挪动了一点位置。或者没有，只是我的记忆有偏差了。

那几株紫薇还在。我告诉女儿，它还有个名字叫痒痒树，挠它，它会痒痒，会抖。女儿听了使劲去挠，很是粗暴，我赶紧把她拉走了。

对了，曾在《西北大学校报》上发了首胡写的诗，写的就是木香园，好像还挣了五块钱的稿费。虽写得实在不好，属于老干部体，报纸我还是存了留念。最近翻箱倒柜找了出来，毕竟二十年过去了，纸已发霉，最后一句有两个字竟无法辨认了：

小园漫漫移黛青，
春懒夏慵坐廊中。
藤筋攀蚁翠萝盖，
叶涛穿雀玉英琼。
翻书无声樱花雨，
展翼有蝶银杏风。

对坐孔像浮生梦，

回首一拜啥啥匆。

这个回首一拜到底是啥啥匆呢？实在想不起来了。反正是来也匆匆，去也匆匆，我是个过客，西北大学已是一个旧梦了。

城墙上

我发现，读过几本中国书、念了几句诗词歌赋的人，心里潜移默化地就会生出两个梦来，一个是江南梦，一个是长安梦，如并蒂莲盛开。而我的长安情结和江南情结要比旁人强烈些，因为我在最好的年华里，在西安爱过一个江南的女孩。

她是我的初恋，叫小九，来西安求学，遇到我，我也遇到她。一艘顺风船，一在船头一在尾。那时候，我只差两三个月就离校步入社会。我大她三四岁。

怎么认识的呢？挺俗套的。她同宿舍一个女孩和我们宿舍的老大唐大头是老乡。唐大头爱热闹，往来的江湖朋友极多。有一日，小九就被她同宿舍女孩拽着到我们宿舍逛了一圈，陪她找唐大头玩儿。

恰好我在，百无聊赖，躺在上铺翻小说。见到她，心里开出一大片花，撇下书，从架子床上跳下来，打招呼。

小九穿着一件宽大的酷酷的黑色短袖，难掩秀色。她目光炯炯、神态端和，是见过世面的样子。我对她的第一印象是：这是一个内心异常骄傲的、难相处的人。

这是我们的初见。那时是端午前后，宿舍楼下的夹竹桃开疯了，那年的蚊子也特别多。

后来在校园里又遇到，一次，两次，慢慢熟了。再加上一起参加过几次唐大头安排的饭局，就更熟了。于是乎，我胆大包天，逮着机会带她去逛街，走了很远的路，说了很多杏花白桃花红的俏皮话，从学校走到火车站，再折回来。那时候多年轻，多能走啊，也不知道累。

走到文艺路，离学校还有七八站，才坐了人力三轮车。她坐在我的左边，我忍不住频频扭头去看她。她冲着我笑。多好看的一张脸啊，像电影里的人。光洁的额头，白的牙齿，长的脖颈。

一个人为什么会生得这么美？我暗暗地想，觉得不可思议。

夜色里，一抬头，法国梧桐的枝条一一闪过。那时候，风也是轻的，伸出手，风就在指缝间游走。我当时就想着，如果这是在江南，我和她一定是乘着乌篷船，这清风要换成流水的。那时，江南，令生在北国的我顿生怀慕，扎了根，直到如今。

后来，听说她那次回宿舍，一脱凉鞋，发现脚磨出疱了。其实，我的脚也一样。

那天，我们一路说了什么话我忘记了，只记得她身上有淡淡的防晒霜的味道，是苦杏仁香型的。从此，我固执地认为，不是苦杏仁的防晒霜就不是正经的防晒霜。

但是，我从来没有动过要和她谈恋爱的心思。真的没有，我那么平凡，平凡里有自卑。她那么骄傲、那么蓬勃，像盛夏的果实。

“骄傲实在没有什么值得骄傲的，骄傲只是头发中渗出的污油而已。”虽然我曾经这么想，可是依旧欣赏她的骄傲，也贪恋她的美丽。于是，欣欣然、飘飘然地和她一起玩耍，只是不让她看出自己的骨头是轻的。

接下来，我毕业了，但是毕竟还在西安，所以时不时还回学校这个老根据地吃个饭、会个朋友，所以和小九还常有联系。

一次，和小九在纬二街吃灌汤包子，我不知道怎么就有了怪话，悄悄地对她说：“这店里的女服务员也像包子，白白胖胖。”说完了就后悔，这话不厚道啊。也许她是不喜欢尖酸刻薄的人的。

可她说：“男服务员也像啊。不过，面都没有发起来，所以瘦瘦小小。”

然后，我们偷笑，像雨点打在荷叶上，噼里啪啦的。

笑完了，我的心里开始难受。因为我觉得我爱上她了，可是我决计是不能爱她的。我觉得自己配不上这么好的人。

当时已经打算好去北京，所以恐怕以后没机会和小九一起吃饭了。但是如果有机会，我一定要去江南走一走、看一看。没救了，我怎么那么爱江南。江南，江南！

唉，那顿饭啊，咀嚼暧昧，吞咽缠绵。出了饭馆，在夜色里散步。她讲起她的故乡，荷花的香气溢满池塘。那里，月光里有月光菩萨，清风里有清风菩萨，水波里有水波菩萨。我听着听着，心里也有了个菩萨。

我和她同在一个中国，却有许多事物她知而我不知。我想问，书中描述的马兰头，江南的乡间处处都有的野菜，到底是什么样的啊？后来无意中说起，在西安读书好多年，还没有上过城墙呢。她说:“那就去呀。”

那就去呀，到城墙上去。

那是个黄昏，归巢的燕雀和觅食的蝙蝠在头顶盘旋，再往上是明月。我们都不说话，只是漫步，一脚踩一块青砖。月光之下，她穿了初次相见时的那件宽大的酷酷的黑色短袖，目光炯炯，面有清辉。

吹了一会儿入怀的凉风。她问:“你觉得我这个人到底好不好？”

我想了想，很认真地回答:“天上地下，古往今来，只有你最好。”

她又问:“你需要一个又漂亮又有趣的女朋友，像我这样的，好不好？”

我没话说，我有点傻。苦杏仁的芳香让我眩晕了。

两个人于是开始牵手，捏了一手心的汗，在这个北方的城市里闲走。寺院、公园、游乐场……当然，又去了好多次城墙。因为是夏天，所以多是晚上去，乘凉，看月亮。去多了，就觉得这城墙不是大明朝的城墙，也不是西安的城墙，而是我们的，私有的城墙。每一块砖、每一条缝都是。看到城墙就有一种暖暖的踏实。

阳光把我们晒黑，接着是月光，又把我们漂白。黑黑白白，两个人都在一起，北京就不想去了。

毕业后我进了西安的一家小报社，不用坐班，她恰逢暑假，我们就有大把的时间在一起。黄昏时，我们坐在草地或者楼顶纳凉，不用说，还有城墙。她唱歌，伏在我的耳边唱，全是王菲的歌。嗓音拿捏得像极了。

我会给她讲一些书上看来的或者自己瞎编的故事，其实就是不好好说话，绕着圈子往复杂玄虚上走，故意不说明白，来显示自己的高明。她就喜欢听这些，因为能听懂，就证明了自己也是高明的。对，俩文艺青年。我们聊音乐、聊诗歌、聊长安、聊江南，反正不聊柴米油盐。

她的家庭条件好，当时已经有手机了。我还用传呼机，最喜欢的事情就是传呼机上有她的留言，比如，我在树下等你。我的住所附近有一棵巨大的泡桐树，我们常在那里碰头。附近有个小超市，方便买水。

一次，她在纸上练字，先是写了我的名字，然后慢慢地写了一个苏字，苏是她的姓，我以为她接下来就要写她的名字了，可是，她迅速地写下东坡二字，然后，笔一丢，顽皮得很。

一次，带她去交大找我的好友，不遇。出一个偏门，大门紧锁。我心想，换个门走好了。没想她燕子一样，开始翻门了，身手敏捷，动作潇洒。翻到了门外，对我得意地一笑，露出白牙齿，那样子美极了。

对了，有个小插曲，可以一聊。我还在校的时候，我们宿舍老大唐大头要去西藏玩几天，居然借着这个由头大宴宾客，在校外的一家餐馆摆了两桌。我和小九自然也去了。小九坐我旁边，我们都喝了好多啤酒。当时我和小九还没好上，但是比较熟，说说笑笑，啤酒冒泡。

席上有西安外院一个学意大利语的男生。浓眉大眼，有几颗标新立异的青春痘。过了一段时间，外院这个男生通过种种渠道要到我的联系方式，然后抱着一个西瓜来找我。我知道他有所求，就切了西瓜和他同吃，问他何事。他脸上的青春痘亮亮的，说:“我喜欢那天吃饭时坐你旁边的那个女孩。我看你和她挺熟，能做个介绍人不？”

要命，他说的是小九。

年轻时真耿直，我说:“太对不住了。你晚了一步，那是我女朋友了，也就这几天的事。”

可以想象当时有多尴尬。

还有一次，我带小九去陕西师范大学玩，我喜欢陕师大图书馆门前那两株老松。在老松下，巧遇我报社的同事梁翩翩。梁翩翩当然是外号了。这位仁兄长我几岁，长发披肩，谈吐潇洒，名言是“衣品即是人品”。他在师大读研，顺便在我们报社当差。

我们上前和梁翩翩打招呼。小九墨镜白裙，立于松下，自成图画。其间，小九暂离了几分钟，梁翩翩说:“这姑娘太漂亮了。

兄弟，咱守得住不？”

我讪讪地找补了一句：“得之我幸，失之我命。”

梁翩翩感叹道：“真酸！恋爱中的人啊。不过，你这么想就对了。兄弟，哥觉得啊，你这个女朋友不是你驾驭得住的……”

哥，您也是个耿直男啊。

这时候，小九回来了，我们就没有办法深谈了，交换过眼神，就此别过了。

哦，对了，我后来的老婆就在师大读书，常去那松荫下背单词，也不知道是否擦肩过。可惜，我那时候心里就一个小九。

小九在西安勾留了十多天，终于买了回家的机票。临走前的一天，我们在省图旁边南二环的立交桥上走，桥下车流阵阵，我感觉到了桥身的颤动。

她笑着来抓我的手，说：“来，感受一下手指在手指间滑落的感觉。”

这一天终于来到了。大太阳底下，我突然打了个冷颤。

朋友，我不笨，可以说是相当敏感。我明白，她是要和我分手了。我的手指像扎不进泥土的花根，苍白地在阳光下暴露。我勉强笑一笑，说：“好渴呀，我去买瓶水。”

其实，我也有一颗骄傲的心。于是，我转身，走掉。西安有那么多的背街小巷啊，走进去，人就立刻消失了。

晚上，我的寻呼机上有她给我的留言：我们还年轻，这一段过完了还有下一段……我对你的感情，就当它是一场诗兴大发吧……

夏天还没有结束，爱情已经落幕。接下来是狂乱的雨，失魂落魄地下到了下一个季节。她飞回了江南，我请病假回了老家，一个寂静的北方小城。

回到家，看到家里摆着一双精致的女式凉鞋，是年轻女孩穿的。我问:“家里来谁了？”

我妈说:“不是说，你谈对象了吗？我想你会带回家的，所以就早做准备。”

秋天，已经回到西安的我领到人生第一份工资，买了手机，和小九那个一个牌子。手机里存进了小九的号码，但是不敢拨。唯有一次，不知道怎么就拨出去了，当对面传来一声“喂”。我赶紧关机，抠电池。

甚至不敢在那棵泡桐树下逗留，也不敢在那家小超市买水。更不敢登上城墙看月亮了。倒是有一次，没有坐车，步行穿过城墙的门洞。那是个深夜，行人稀少，霓虹冷清，我在经过门洞时轻喊了一声，隐隐有了空洞的回声。心在胸腔里也嗵嗵跳着，也是小规模的回声。

闭上眼睛，有泪滚落。觉得这个洞口就是城墙的一个怀抱，然后舒服了很多，感觉被治愈了。

一年后，小九来看我。我住在城中村，一个叫水文巷的地方，临近原来的北方乐园。我带她去我的住所，在院子遇到房东。房东偷偷给我递了个坏笑的眼神。进了屋子，我问她吃饭没有，她说吃过了。我没有再问，我知道她是不说假话的人。我的屋子很乱，唯一有生气的是一盆文竹。

屋子里只有一把椅子，小九坐到我的床沿上，我坐椅子。两人对坐，恍如隔世。

我给小九讲了个故事：从前，有只猴子得到了一双绣花鞋，猴子穿上日夜不脱。可是鞋子总有磨破的时候。猴子发现没有了鞋子，他根本无法站立、行走、跳跃、攀爬。因为在穿鞋的日子里，他脚上的老茧消失了，当失去了鞋子，没有老茧的脚每走一步都是鲜血淋漓……

讲完了，小九点点头，说："对不起。不要怪我，好不好？有些事……"

我说："我真的从来都没有怪过你。"

我说的是真话。如果没有和小九的那段往事，我的人生将无比苍白与单薄。

临走时，她说了一句令我后悔了好久的话："谢谢你的故事，但是不该把我比成破鞋。"

送她走后，我回到屋子，倒在她坐过的单人床上泪流满面。不一会儿，房东来敲门："咋啦？咋啦？引了个女娃没搞成，你哭啥哩。"

我这才意识到失态了，强忍着出门骂了一句："你就皮干得很。"

小九，我永远记着在那个夏天你翻门后又得意又顽皮地一笑，这足够让我回味一生了。至于“破鞋”一说，真不是有意的，我没有阴损到这种地步吧。

后来，我有过几次爱情，只开花不结果，瞎胡闹。直到遇到了我老婆，一个在陕师大的老松树下背过英语单词的女孩，这才算天长地久。且有了一个活泼可爱的女儿，我看女儿，暗自喜欢，心里常冒出一句：多谢前女友不嫁之恩。不是调侃，这是我的心里话。

听说，小九毕业后回了杭州，应该是事业有成、婚姻美满吧。

现在我老了，有了白发，小九应该也变了模样。不过，在我的记忆里，依旧存着的是这样一个小九：城墙之上，月光之下，穿着宽大的酷酷的黑色短袖，目光炯炯，面有清辉。

小楼居

春节过后，街上有残雪。我们不怕冷，相约在小寨附近的一家咖啡馆见面。嗯，对，相亲。

这是大龄剩男蟠桃叔的第一百零一次相亲。

见面前其实见过一张她的照片：鹅黄衣衫，戴着帽子，头发堆在肩头，笑眯眯地倚着栏杆，一副人淡如菊的样子。背景是被吹皱的一潭春水。

真人比照片更好看，声音也好听。但是话不多，静悄悄地边听我说话边嗑瓜子。和照片上一样，笑意盈盈一个人。桌上不一会儿就堆了一个瓜子壳垒起来的假山，比苏州园林还令人流连忘返啊。

后来她回忆说，当时我坐在她的对面，眼镜片上有反光，显得很滑稽，所以两个小时里她都在憋着笑。

第二天，一起去钟楼附近吃饭。那天风很大，吹开了她的刘海，我看到了她的额头。临别，等车的间隙，迅速在附近的商店买了一匣巧克力送她。

第三天，小寨西路吃火锅。吃完饭满身的火锅味儿需要发散，就顺便去她学校转了一圈。她指给我看她临街的住所，在二楼。我告诉她，这些年来，我其实经常骑车在她窗下经过。

第四天，一起去我朋友家搓麻将。春节过了，元宵节未至，所以还在年节里，牌局颇多。哗啦哗啦几圈下来，她赢了，我输了，皆大欢喜。完了去吃烧烤，朋友劝我酒，她偷偷暗示我先吃一点东西再喝。

……

认识她有个收获是知道世上还有“刘海贴”这种神器。她还送我了一支金笔，鼓励我好好学习，天天向上，多多创作人民群众喜闻乐见的文学作品。

天气一天一天地暖和了，是那种暖到人心里去的暖。她爸妈从海南过冬回来，借道西安小住几日，她喊我过去陪他爸打麻将，我又输了个皆大欢喜。她妹妹妹夫开车过来接她父母回汉中，笑嘻嘻地喊我“姐夫”，约我去汉中吃鱼，我怪不好意思的。这时候还没有拉过她的手。然后就真的随她去了汉中，在那个小城里寻找她学生时代的记忆。吃了汉江鱼，在汉江边捡了石头，回来放在鱼缸里。

然后，就真的结婚了。她成了蟠桃姨。

没有拍那种影楼风的结婚照，我俩都受不了那个。结婚证上要贴照片，大头照，拍照片的时候她化了个淡妆。我俩一人一个红本本，放在铁皮盒子里。她叮嘱我：“这个一定要收好，以后办准生证的时候要用。”

我们都喜欢女孩，刚结婚的时候就想着要个女孩。名字都想好了，叫杨之了。给孩子起个简简单单的名字，以后让娃写名字的时候也省点劲。

她去照相馆洗印了一张照片，就是那张人淡如菊的，夹在了我的钱包里——我觉得这个比那一纸结婚证更有意义。

婚后，我自己住的房子不想闲置，租了出去。我投奔过来，住进了她在学校的房子。贺喜的几个同事合送了一盆梅花，我哼哧哼哧搬进婚后的新家。还好，是二楼。

真的，多年来我在蟠桃姨的窗下经过了不知多少次，谁能想到，在这个世上愿意陪我白头偕老的人竟然就在这里。不早一步，不晚一步，准时准点地为我开了门，接纳我这个游荡了半世的孤魂。我有家了。

从此，无花果、悬铃木，家在绿荫小楼住。

小楼在学校的老校区，树多，鸟多，树下行立须小心。如果连着两天身上没有落到鸟粪，你就可以考虑买彩票了。院子里还有成群结队的流浪猫，不怕人。

夏天的时候，我知道她喜欢吃甜，特指陕北出产的一种“小瓜”。冬天的时候，我知道她喜欢啃甘蔗。

将小桃核抛光成浑圆珠子，给她做了一个桃核的手串，上面刻了一个小马，她经常戴着。还给她买过一个金的小马吊坠，做成木马摇椅的样子，我和她都觉得好看。我们都喜欢马。

我是个民国时候的人，电脑和手机方面有问题，统统需要请教她。出国访问时，她是我的英语翻译。她和我都不喜欢烟味，特别不喜欢的那种。

我们喜欢看相亲节目《非诚勿扰》，我们把它当成一个娱乐节目来看。她还鼓动一个在美国的同学上了这个节目，而她则在其朋友采访环节出镜了。她那个朋友还真在这个相亲节目上找到了媳妇，如今都有宝宝了。

在秋天，遇到开花的桂花树，她就挪不开脚了。她回忆自己还是个黄毛丫头的时候，会把桂花的花瓣儿放进文具盒里，上课的时候就忍不住一次一次打开，嗅那盒里的香气。

我喜欢喝茶，她送了我一个茶海，正是我想要的样子，心有灵犀得很。于是，就有了这样一段微酸的文字：月桂撒金，红菱生角。茗茶微热，我与君好。夏去撤扇，秋来食枣。心存白象，梦有芳草。无琴可弹，笑看飞鸟。

她的文具袋里有一把铁尺，样式简洁而复古，一问，竟是上初中时所购，几近文物了。当时就深感，这是个念旧的人。

她擅长摊煎饼、酿葡萄酒、做桑葚酱，还有醪糟、酵素、纳豆……除过纳豆，我都很喜欢。后来她知道做酵素是在缴纳智商税，就不做了。也不喝酒了，葡萄酒不做了。醪糟呢？甜甜的暖暖的醪糟呢，想一想也不做了。

平日里做饭还是我做。她喜欢吃我做的地三鲜，她自嘲说："我就是个地三鲜王。"端热汤的时候碗沿烫了我的手，她就献计说："赶紧摸摸耳垂手就不烫了。"这是她从爷爷奶奶那里得来的生活经验。

她从小在延安的爷爷家长大，爷爷家的阳台上还可以看见宝塔散发出的革命光芒。直到上初中时她才回到了汉中父母身边。三秦大地，陕北、陕南、关中，处处有她的足迹啊！

她有一张五六岁时在西安的老动物园大门口拍的黑白照片，她坐在一个小汽车模型上，穿着小裙子，憨憨地做驾驶状。我也有一张这样的照片，也是五六岁时在老动物园大门口拍的。我老在想，也许我们是同一天拍的，她拍照的时候我就在旁边看着呢。真的，说不定真的二十多年前，我们就见过呢。

我们家的阳台看不到塔，却也能透过林荫树的间隙看到马路对面。我去上班，要到楼下的公交站台等车。她如果当时在家，就会站在阳台向我挥手。如果我出门忘记带钥匙或者钱包，就喊她从阳台给我丢下来。她就笑着从阳台探出头：“哦，丢绣球喽。”

即使她不在家，我在站台等车的时候也会忍不住下意识地朝我们家阳台张望。望见一楼的爬山虎爬上去，几乎要够到阳台上的那盆梅花。

她喜欢爬山，没有孩子那会儿，只要天气好，周末就老去秦岭山中玩。看景尤不足，一定要有物质收获才好。于是就有了圭峰山折槐花、青华山拣板栗、豆角村摘柿子等美好回忆。

在翠华山，见榆钱茂盛，她食指大动，意欲采之。我劝说道，这是景区，不是荒山。她方怏怏罢手。还去了新动物园，就是秦岭野生动物园，在动物园附近的山上发现了一棵山楂树，结了那么多诱人的红果子。我们憋着笑拼命摘呀摘，后来摘累了才想起来尝一尝。呸呸呸，又酸又涩，根本没法吃嘛，难怪没有人摘呢。我们还在山上捡了很多榛子，后来有山民走过来告诉我们，那是苦橡子，没法吃的。又丢人了。

其实想尝鲜儿不用去山上，院子里不是有无花果嘛。

桃花才开，无花果已经悄无声息地长到青枣般大小了，然后一茬一茬地成熟，直到中秋。摘无花果，胳膊碰到无花果的叶子后会过敏，痒得很。她就不让我去摘了，可我忍不住。因为太甜了，糖包子似的。

学校的新校区荒地颇多，雇人耕种，所以时常给教职工发菜，红薯、玉米、萝卜、豆角……我说你们学校应该叫农业大学。

她说："东西不值几个钱，图的是个高兴。"

对呀，饮食男女嘛，有吃有喝就很满足、很开心了。吃啊吃啊，肚子就大了。我说的是我。她肚子大是有宝宝了。

在子午路附近，她大着肚子站在一片铺满银杏落叶的草地上，我用手机给她拍了一张照片。不知道为什么，我老会回忆起这一幕。她当时穿着一双白色的平底鞋，那段时期，她几乎找不到舒服的鞋子了。

杨之了降生后，一家三口在月子会所待了一个月。等回到家，突然发现阳台的梅花开了，仿佛是在迎接杨之了的到来。惊喜之。

用老话说，这是应了花瑞。

我在微信上发了我家梅花的照片，文字是：家来杨之了，无闲看飞鸟。惠风入怀抱，今年梅花好。

冬日吟

风一吹，把秦岭山上的雪吹落，压下来，盖住西安城，是床棉被，洁白、松软，还暖和。

大雁塔呀，曲江池呀，钟楼鼓楼呀，一下子圣洁了、雍容了、诗意了。这时候，那些可爱的人又要拍图发微信朋友圈了，又开始把西安叫长安了。

可是，如今西安的冬天，哪里有什么像模像样的雪啊。只有雾霾。

但，我依旧爱着西安的冬天。

在西安过日子，很容易就知道冬天来了。

从甜丝丝的热被窝里钻出来，跨上小电驴送闺女上学，手握车把，冷风呼啸，十个指头冻僵。送完闺女，街上吃一碗白气腾腾的肉丸糊辣汤才让七魂六魄聚拢，胸口凝起一团热气，人才算缓了过来。

回家赶紧翻了那双黑皮手套。去年元旦前丢了一双，又补买了，所以还是崭新的，有人造革的臭味。其实，再过几天，风呀雪呀都来了，小电驴也骑不得了。

反正，这双手套一翻出来，我知道，冬天来了。

晚上，我媳妇开始放太阳能水管里的水。天冷了，以后洗澡就不用太阳能，要改用热水器。太阳能里的水不放干净，到了深冬水管会冻裂，来年春天得找师傅楼顶换管子。一根管子五十来块钱，师傅要是一脸老实巴交，你又忍不住多掏十块八块的。现在挣钱多难啊，钱不是大风刮来的，但肯定是刮风一样刮去的。过日子，不仔细，那可怎么行？哗哗流出的热水，接满几个脸盆了，媳妇不忍浪费，喊我来烫烫脚，又解乏，又不花钱，比跑出去做大保健强。

反正，放太阳能管子里的水的时候，我知道，冬天来了。

我们一家三口都是冬天过生日。我媳妇天蝎座，在冬天的犄角上。我和闺女都是摩羯座，在冬天的尾巴上。媳妇过生日的时候，要准备礼物。不由自主能想起来的就是棉帽子、保暖裤、羽绒服……都是过冬的东西。

反正，给媳妇过寿的时候，我知道，冬天来了。

对面一楼有人家在小院种了一棵芭蕉，粗枝大叶探出墙来，谁看到了都要赞声好。入冬前，这家人提刀把芭蕉砍了，真舍得呀。小院一下子突兀荒凉起来。可是，唯有这样，春来时，它才能发得更旺，又将分绿与窗纱。

反正，砍芭蕉的时候，我知道，冬天来了。

紧接着，暖气也来了。先放暖气片里的气，噗呲噗呲冒着，像虚恭。到最后，喷出污浊的冷水来，等水转清转暖，就可以关阀门了。须臾，暖气片散热了，三春归，四体舒，六神安。一家人穿着单衣薄衫，看手机的看手机，喝茶的喝茶，做功课的做功课，爽如羲皇上人。

反正，暖气一来，我知道，西安的冬天真的来了。

我是从小被冻怕的人。来西安前，在老家淳化时，那个冷啊，出门尿尿要带敲尿棍的。一到冬天二十四小时围着炉子，也不管用。烤焦了胸毛，后背上还有冰碴子。哪里有暖气舒服？

有一年冬天，我随父母去西安的舅舅家。当时我上小学三四年级。一进门，舅舅就很热情地招呼脱衣服。我没有反应过来，心想，我是来你家洗澡吗？后来才意识到，舅舅家里暖如春，不脱厚衣服，热得招不住呀。然后就瞅见了屋里的暖气片了，那暖气片散发着耀眼的光芒。此外，我还发现，舅舅家的小表妹还有手炉。小巧玲珑，炉内放火炭，再用布袋包好，捧在手里就很傲娇地去上学了，可以热整整一天。手炉当时是标配，西安娃人手一个。

我羡慕得不行，西安娃真幸福，又是暖气，又是手炉的。

后来，我们淳化的家也装上了自己烧的土暖气。自己烧小锅炉，每个房间连接了暖气片。可惜效果真不好，吃煤厉害，温度却根本上不去。一摸暖气片，仅仅不冰手而已，用我们老家话说，就是“屁温子”。

后来我到了西安读书，欢欣鼓舞，心想这回有暖气了吧。结果教室有，宿舍并没有。四号宿舍楼最早是研究生住的，特殊点，个别楼层有暖气，还不热，也是“屁温子”。等我离校后，新校区拔地而起，宿舍条件好了，统统装暖气了。我这命啊。

工作了，在西安的城中村熬了五年，肯定没暖气，冬天依旧生炉子。打个电话，蜂窝煤就送来了，整整齐齐码在窗外的墙角。用吧，用吧，一块不过两三毛钱。城中村的东西一向价廉物不美、日鬼捣棒槌。煤气罐里的气永远灌不满。澡堂子的水不是现烧的，是用水罐车从工厂拉回来的废水。这蜂窝煤是煤少土多，根本烧不旺，叫蜂窝土还差不多。

记得有一年冬天，在珠海教书的妹妹和她一个女同学搭伴回陕，来找我。她俩车马劳顿，困得眼睛都睁不开。我安排她俩在我床上眯一会儿，怕冻着她俩，我还特意加了块煤。结果，等我出了趟门回来，她俩头晕目眩瘫在床上，煤气中毒了。我赶紧开门开窗，冷风窜进来，她俩狠狠打了个喷嚏，这才灵醒过来。我悬着的心也落地了。

西安城中村的冬天里，不能不想吃一碗热腾腾的水盆羊肉或者葫芦头，上面撒了香菜末。饼子，必须是刚出炉的，一掰开，麦香随热气一道溢出。看着海碗中银质的油花在汤面上晃，身上寒气逼散，心里灯火明灿，且涌出“温老暖贫”之类的词语来。

那时候上班不用坐班，有时候几天都不去单位，直到有一天单位打电话让去领“取暖费”。传话的人传成了“烤火费”。挂了电话我就笑，这个传话的人是不是老家在深山老林里啊，还挂念着烤火呢。

我就想，此时的山民一定围定火塘，热热乎乎地喝着苞谷酒，吃着烤洋芋、烤腊肉，荒腔野调地嬉闹着吧。热闹是他们的热闹，羡慕是我的羡慕。真想去乡下小住，盘腿坐热炕，皇帝来了都不避，娘娘来了都不让。

可是，哪里有那样的一个乡下啊？反正我注定一辈子就在这西安城里了。既然想好不走了，那就买房，在房价便宜的长安县。其实是长安区，但是大家都习惯叫长安县。

第一年，暖气没通，冻了一个冬天。第二年，暖气来了，故障频出。业主和供暖公司干仗，浩浩荡荡上街，堵路。电视台来了，区长也来了，问题就解决了。从此，过上了有暖气的幸福生活。

每到供暖的时候，小区楼下的枇杷就开花了。

那时候我一个人住，单位在北关，且是夜班，回家就很晚了。一下车，路灯下有积雪，反着光，冷冷清清。路灯的光是浮在雪上的，会打滑，因为那积雪已经结了一层硬壳。一抬头，有我熟悉和不熟悉的星座。

不知道那时候为什么有那么多的雪。

雪本无味无臭，可我总觉得它甜香如糖，常吃雪。那是小时候的事情了。小时候还喜欢在无人的雪地里撒尿，尿出一个字来，是孩童恶作剧的快乐。

雪下面是泥土，泥土里埋着薯类。而在我的想象里，雪下的泥土里有着老鼠夫妇的洞穴，那里温暖、明亮、储备充足，有着印了金字的小茶杯、带小垫子的小沙发、绣花的小棉拖鞋、炒豆子的小铜锅……一切都那么小、那么精致，令人想去做客。

我那时就开始写童话，在《少年文艺》等杂志上发表。

在西安，一个人的冬天也是可以很快乐的。

在水果店里买的橙子根本不甜，倒是剥皮后手染香气久久不散。

去取快递，拿盒子的手好冰啊。回到家才发现，盒子里装着一双暖暖的手套。

除了晾衣服，很少去阳台，透过窗玻璃看见麻雀落在阳台，后悔没有事先撒上一把米。阳台上还有个闲置的花盆，因为某个冬天我曾养过梅。

一个人的冬天就是这样吧。絮絮叨叨，自说自话，摸起剪子放下线疙瘩，想到哪儿说哪儿：过去，老早，以往，旧年，以前，往昔，先前，旧时……

旧时冬天要贴张“九九迎春图”的，画的是一树白梅九九八十一个花瓣儿。入冬后，过一日就用朱笔染一朵花瓣儿，等过了九九八十一天，一树白梅变红梅，春天就来了，小姑娘的花棉袄可以脱去了。这都是旧俗，今人多不为之。

其他的讲究就是养水仙、供佛手，水仙和佛手都是有香气的，是为冬香。水仙我养过，而从南方运过来的佛手很贵，舍不得买。我就买了一棵硕大无比的白菜，一片一片地掰着吃酸辣白菜，不知什么时候掰到菜心处了，就把那菜心养在清水里，也可以开出花来。

有一年，冬天刚一过去，残雪未消，我就去相亲，很幸运，遇到我媳妇了。婚后，我搬到媳妇单位的家属区住。供暖期我在家穿短袖，像过夏天。真正的夏天里，我媳妇不爱开空调，我热得想死。所以我爱西安的冬，怕西安的夏。

一到冬天，我们家会泡点东西。泡茶喝不算。我会泡一玻璃瓶的腊八蒜，因为喜欢那种中国画里才有的青绿颜色。我媳妇则泡豆芽，黄豆芽，绿豆芽。有一次她还问我红豆能不能泡豆芽。

我媳妇还在网上买了一块不锈钢的板子，放在暖气片上，烤橘子皮、烤山楂干、烤苹果干、烤萝卜干，烤一切干。

临近春节了，我还写春联。把我、我媳妇、我闺女的名字统统镶进去，做文字游戏。可惜我的毛笔字不行，贴出去丢人。

春节期间带闺女去看灯展。大唐芙蓉园的比城墙上的好看，但是闺女喜欢上城墙。

最近，家里的干枝连翘开花了。对了，连翘花和迎春花非常像。

这正是我想要的生活，一家人在一起，暖暖和和猫个冬。就像雪下的泥土里老鼠夫妇的洞穴。这是童话，这也确是我在西安冬天的生活。

此刻也是冬天，此刻我也在西安。因为疫情，这个冬天西安封城了。我们一家三口困在家里，困在西安，困在冬天里。但我不慌，我知道，疫情总会过去，正如冬天总会过去，春天总会到来。

这个冬天，夜深人静时，我都舍不得睡去，写字，刻桃核，看书，刷手机……也想念我那散落在四方的朋友，于是有了这样的文字：

思君记挂满月，
如品甘泉蜜瓜。
可是芳香袭来，
雪里腾起雾沙。
绿如故乡熟悉，
人自心细如发。
闭眼摸索可得，
冬日一杯清茶。

思念一个人，就是在问："嗨，你在哪里呀？"

他会说："我也在冬天里啊！"

打开窗户，没有雪，看不见诗意的长安，只有雾霾里的西安，可是还是爱这座城市啊。

此时，心里想什么呢？归结成八个字，不过是：等着来年，期待春天。

第三辑 >>

五等 列侯

无故旧

WUDENG

LIEHOU

WUGUJIU

忆陈老

我父亲年轻时在陕西师范大学当工农兵学员，读的是中文系。陈忠实先生那时候已是著名作家，曾去给他们做过报告。我父亲记得，陈忠实先生第一句就是:“我对文学有一颗虔诚的心。”

陈忠实先生念白字了，把虔诚念成了文成。众所周知的原因，陈忠实先生那一代人在该好好念书的年纪没有正正经经上过几天学，但这不影响陈忠实先生最终成为文学大家。

父亲告诉我这个的时候，全国识字的人都在看《白鹿原》，不识字的人都知道有个《白鹿原》。当时我还是个中学生，是偷着看的。这么多年来，这书我前前后后读过十多遍。至少买过四本，因为总有人借去不还。(请借书未还者看到这篇文章后与我联系)

到西安后，见到了陈忠实先生真人，那是在好朋友李铁雄的婚礼上。当时，我是伴郎，陈忠实先生是证婚人。能请来陈忠实先生做证婚人，面子够大。因为李铁雄是文学评论家李星的公子。

李星老师和陈忠实先生相交多年。陈忠实先生写完《白鹿原》后，心里很是没底，稿子拿给李星老师看。过了一段时间，李星老师在院子碰到陈忠实先生，别的什么都不说，只叫上家坐。陈忠实先生惴惴不安，去了。到家后，李星老师关紧门窗，然后哆嗦着对陈忠实先生用陕西土话喊出了一句："哎呀！咋叫咱把事弄成了！"

后来，陈忠实写文章回忆说，这一喊让他"心头发热到浑身发热"。

在婚礼现场，见到陈忠实先生的我也是"心头发热到浑身发热"。我感觉自己比即将洞房花烛的新郎李铁雄还要激动。别人都在瞅新娘、观新郎，而我的注意力一直都被陈忠实先生牵引着。

伴郎伴郎，半个新郎。可惜的是，作为伴郎，无法分身去和陈忠实先生说上一句半句的话。直到婚礼结束，陈忠实先生退场前和新人告别，才走到我身边顺便和我握了下手。

当时，我一激动，哑巴了，啥话都没说出来。

事后，我对李铁雄说："唉，你啥时候再结一次婚吧，让陈老师和我再握一下手。"

多年后，再见陈忠实先生，是在子午路一家回民馆子吃灌汤包子。

走进大厅，看到了那个熟悉无比的身影。瘦瘦一个老汉，侧脸对着我。他和一个男子同桌而坐，已经吃完了，相对无言，默默抽烟。桌子上摆着几个空笼屉。

“相声皇后”于谦有三大爱好：抽烟、喝酒、烫头发。咱们的陈忠实先生也有两大爱好：看球赛、抽雪茄。

我马上不淡定了。要不要上去打个招呼呢？会不会太唐突了？正犹豫呢，陈忠实先生和他的同伴掐了烟头，起身离席了。我忍不住叫了一声：“陈老师，你好啊！”

陈忠实先生真是个忠厚长者，听到后，缓了下脚步，冲我笑着说了句：“你也来了——我先走了啊，你慢慢吃。”那语气，仿佛在村口遇到了一个本家的子侄。我如沐春风。

我站在那里，礼貌地挥了挥手，就像电影里的外国人那样。陈忠实先生笑着点点头，背着一个包，走了出去。包里面装着的是书稿吗？

当时我正在相亲，相亲对象问我：“刚才那个老汉脸上褶子深很！他是你啥老师，教过你啥课嘛？”

我一愣，然后很郑重地告诉她：“是我的语文老师，教我写作文的。”

这次相亲当然没有成功了。后来听人说，相亲的时候不能吃灌汤包子，肯定会泡汤的。但是因为偶遇陈忠实先生，这次相亲反而成了我相亲史上最难忘的一次。

屡战屡败，屡败屡战，坚持不懈，相亲就成功了。我结婚比李铁雄晚了十年。婚后，不曾想竟然和陈忠实先生做了邻居，缘分啊。

他是西安石油大学的特聘教授，在石油大学的北院有一套房子。确切地说，那是书房。陈忠实先生白天都在这里写作和会客。他的《原下的日子》等很多注明“写于西安二府庄”的作品都是在这里完成的。西安石油大学的北院位置就在二府庄，明代有两个官僚在此建庄，故称二府庄。

作为邻居，在院子的林荫道，在教工食堂，在大门口的小超市，经常会遇见陈忠实先生。

在食堂遇到他，总能看到他打一份菜，加两个馒头。是的，就是这个伙食标准。吃饭的时候，他慢慢地咀嚼着——在思考？还是牙齿不好了？

几乎每个西石大的教工家庭都会有一本《白鹿原》。院子里的人都知道这个外貌普通的老人是大文豪。每个人都在想：嗯，这就是我们院子的陈忠实先生，我们的邻居。

大家都很有默契，没有人贸然上前打扰他，都用注目礼，含着笑意。偶尔，陈忠实先生在院子里遇到谁家孩子了，逗一逗。这时，带着孩子的大人才会对孩子说：“宝宝，快叫陈爷爷好。”

我也不例外，也守着这默契。而且，一看到他，我就会不自觉地变得有礼貌、有风度。比如，正歪着脖子咧着嘴看树上鸟打架，他走来，我会马上做道貌岸然状，尽管他未必会看到我。有时候，好久见不到他，我就在想：陈忠实先生是参加什么会议去了还是生病住院了？

是的，陈忠实先生就是西石大不可分割的一部分。学校的校歌是陈忠实先生作词的，校史馆、二号教学楼广场等多处都有他的题词。最关键的是，他就住在这里，楼上楼下，前院后院，处处相遇，他是我们的一个普通邻居。

院子里有位老先生镇着，真好啊，人的心里是踏踏实实的。

二〇一六年四月二十九日，有花圈出现在了西安石油大学北院，陈忠实先生居所的楼下。大家一时间呆了，而花圈在一个一个增多。

噩耗终于传来了，先生去了。我们很难过。

西安石油大学纪念陈忠实先生的文章题为“缘不知何起，一往而情深”。这话真好。陈忠实先生对西石大如此，西石大对陈忠实先生亦如此。

陈忠实先生走时，才七十三岁。现在七十多的老人正是最潇洒的时候，夕阳正红呢。金庸先生活了九十四，钱锺书先生活了八十八……最起码也得过了八十呀。

真希望这些用文字感动过我们、影响过我们的老人能健康长寿，活过一百岁。陈忠实先生走了好几年了，但是每次路过北院先生楼下都会想起那个瘦瘦的身影。

痛惜的是：陈忠实先生在去世前的那些年抽雪茄抽得太厉害了，损害了健康；给那么多无聊文人的狗屁文章写序言，耗费了心力。先生是个善良老实的人，不会拒绝别人。很后悔，那么多次遇到陈忠实先生，都没有规劝过。

扇子哥

西安好耍的地方不少。我是一个没有文化的人，却偏偏爱逛书院门。这条街是卖碑帖拓片、书画卷轴、笔墨纸砚、石章印谱的地方。不买，看看也是好的。

二〇一七年夏天的某日，我在单位待得憋闷，溜出来，去书院门玩。走到关中书院门口，看见对面石板路的路沿上蜷坐了瘦骨嶙峋一个人，头发和胡须乱蓬蓬的，也瞧不出年龄来，像个瘦骨达摩，正在埋头画扇面。这人身上穿了半旧的白短袖，有黑点，走近了看，七分作画时溅到的墨痕，三分洗衣时搓烂的洞眼。

书院门多有当街写字作画讨生活的“笔墨客”，作品水准偏低，价格亲民。他们或迟钝憨痴有畏缩相，或装神弄鬼有江湖气，让人看着就不清爽。唯有今天见的这位有些意思，像是从陈老莲的画里跑出来的，古貌古心的世外高人。

夏天，人都在空调房里躲着，书院门行人寥寥。这瘦画师生意冷清，无人问津，却悠然自得，一根瘦笔蘸了枯墨兀自涂着画着，笔触划纸，隐隐有声。我在他身边静静地站着，看他画乱石，画溪水，画禅院，画松，画松间的风。

不远处还有一个卖埙的人，捧了埙呜呜地吹，竟然也像是从那瘦画师的画里散发出的声响。我竟然痴了好长一阵子，也不觉得热，倒有清凉之感。

那天，我为他偷偷拍了照，发到朋友圈，还配了段文字：

大道通衢，走马走驴。
席地提笔，也是生意，
莫笑俺衣衫褴褛。
焦墨画扇子，秋风乱胡须。
清澈眼底来，烦恼天外去，
丹青之趣真有趣。
都说长安米贵不易居，
得几文铜钱可煨芋。
俺本山中一瘦竹，
偶来红尘游戏。
半日闲坐，不过换取，
秋风渭水，明月沟渠。

西安不大，世界很小。我有一个老哥，善画老鹰，外号叫北鹰。江苏也有一个画鹰的，和他齐名，自然叫南鹰喽。北鹰老哥在我朋友圈留言说，此人他认得，是他美院的同学。原来，扇子哥姓李，名叫演庄，西安老美院毕业，正经学了国画的。西安美院的老校址在城外的长安区，俗称老美院。北鹰老哥骄傲地说，老美院的学生要比新美院的底子强。

《送你一个长安》里有句歌词是“一城文化半城神仙”。西安城里多奇人异士，多了就不稀奇了。所以这个演庄在我脑海里存了几天便被淡忘了。不料过了几个月，网上冒出了一个“扇子哥”，看着眼熟。哎呀，竟然就是书院门画扇面的瘦骨达摩演庄呀。没想到，成网红了。

那些拍摄他的短视频点击率都很高，演庄在视频里一边画画一边和人聊天。比如，他临摹《芥子园画谱》时就给围观者科普，芥子园就是绘画者的一本字典，一本启蒙教育的教科书。学诗，背唐诗三百首。学画，少不了临芥子园。

他老在关中书院门口摆摊，会指着关中书院的石牌楼讲书院和“关学”的渊源，兴起，就开始背诵关学老祖张载的“横渠四句”：为天地立心，为生民立命，为往圣继绝学，为万世开太平。

书院门东接碑林博物院，他就讲林则徐写“碑林”二字时为何“碑”字少写了顶头的那一短撇。还讲碑林里有一座清朝的碑，上面一诗一画地介绍了陕西关中的八个景观：华岳仙掌、骊山晚照、灞柳风雪、曲江流饮、雁塔晨钟、咸阳古渡、草堂烟雾、太白积雪。

演庄一会儿普通话，一会儿陕西话，自由切换，配上眼神、手势和身段，很是生动活泼。说得兴起，笔下就慢了或停了。围观者爱听他谝，便接话茬、起话头，引逗他继续说下去。

演庄张了嘴一口烂牙，颇不美气，但是他言谈时一派天真烂漫，不染俗尘，自有一番神采。许多人称扇子哥眼神清澈，这和我的感受相同，第一次见他后我就说他“清澈眼底来，烦恼天外去”。

通过这些视频，我觉得演庄身上有一种难得的少年感，其表现出的纯粹和真诚极易获取好人缘，再加上他谈文化、说历史，不火都难。嗯，好事，比一顿吃一头猪的网红强百倍。

二〇一八年，再逛书院门，又遇到演庄，不过相隔一年，演庄的头发和胡须已经半白了，但眼神依旧清澈。

此刻的他妥妥的网红一枚了，被一群举着手机玩直播的人围了个水泄不通。这些人喝彩、嬉笑、解说……嗨皮极了。我不知道他画的是什么，还是风入松林吗？因为实在人太多，挤不过去，我远远看了一眼就默默地走掉了。

转眼到了二〇二二年，春节期间，我带女儿去书院门，没有遇到演庄。过了几天，我去大唐不夜城逛，在“贞观之治”塑像下面的“唐礼坊”的露天桌椅上，看见一个戴虎年口罩的清瘦男子，画着扇子，正是扇子哥演庄，碰上了。

他所在的位置闹中取静。周围聚了几个寒风中等画的年轻人，笑嘻嘻的。

因是虎年，便多是画虎，落款或是演庄，或是扇子哥。他一边画虎皮一边解释说，按照五行，今年的虎是金虎，黄颜色要管够。众人笑。

也有一个属羊的，画羊。先画一弯角羊，又画一枣刺树。陕西有俗谚“羊吃枣刺图扎，人吃辣子图辣”，可见羊是很爱吃枣刺的。画完了，演庄端详一番，添了几笔。将枣刺枝画长，送到羊的嘴边，又说，服务要到位。众人又笑。

气氛很好，我在一旁也开始和演庄聊。一问才知道，他原来从书院门挪过来两年了。大唐不夜城邀请他过来的，此处另一个网红王牌是“不倒翁姐姐”。

我问演庄可认得画鹰的北鹰，那是我老哥。演庄一听，忙说熟得很，和我加了微信，还让我向北鹰问好。

我顺手点开微信看了演庄的朋友圈，看到最近发的一个小视频，演庄在家作画，画案上卧了三只猫。三只猫都是白底黑斑，仿佛在砚台里打滚染了墨一般，有趣，真是画家的猫。

演庄说，其实是五只，还有两只猫没有上镜。原先都是流浪猫，喂着喂着都喂到家里来了。一个也是养，两个也是养，猫多了能作伴，不寂寞。

一聊就聊开了，知道了演庄爱猫，但是人却属鼠，今年四十九，虚岁五十，知天命的年纪了。

演庄是老西安，城墙脚下长大的。小时候见过城墙重修，户县烧好的青砖用骡子一车一车拉过来。演庄城里娃，没见过骡子，追着看。

美院毕业后，演庄被分配到了西安毛纺厂做美工。社会转型期，国企的日子不好过了，厂里成立销售科，选脑子灵光的年轻人搞推销，把演庄也选上了。先去西北纺院培训，起码出去推销要懂行，棉毛丝麻怎么回事儿能说出个一二三四五。

那阵子演庄满脑子都是二一纱、三二纱、安哥拉毛、澳大利亚毛……培训完了穿个白衬衫，扎个红领带，腰里别个 BP 机，天天买火车票，天南海北去推销。说是去搞推销，其实常常偷偷干私活。

西安古建比较多，给庙宇画藻井、画壁画很挣钱。演庄的同学都是画画的，会弄这个，承包工程一样，有人挑头把这个活接了，再找几个关系好的一起搞，自然少不了演庄。穿个蓝大褂，拿个刷子就能干了，有些像搞装修，先涂纤维素和大白粉，然后画线的画线、上色的上色，那时候没有电脑喷绘，全是手绘。近的像城里的兴善寺，远的像周至的赵公明庙、蓝田的水陆庵，演庄都跑过。一是为挣钱，二是怕久不提笔手生。

还有朋友在二府庄办艺考班，演庄也去帮忙教过素描，反正就是到处瞎忙。那时候的演庄还年轻，没有留胡子，头发倒是挺长，扎个辫子。

到北京奥运会那年，演庄下岗了，工龄短，工龄买断费两万块钱不到，然后就到书院门谋生来了。最早还租过亭子，算是有摊位的。生意不好，亭子租不起，只能打游击摆地摊了。

当时演庄已经离婚了。挣不来钱也就算了，邋里邋遢不修边幅也不提了，恼人的是心思全在画画上，人家大年初二都是陪媳妇回娘家看老丈人呢，他倒好，就知道窝在屋里画画，一点人情世故都不讲，问题是你画画挣不来钱啊，你说这日子还能过不？嗨，说到底还是因为钱。

演庄俩闺女，离婚时老二丫头才两岁。演庄还抱着老二在书院门出摊，不然能咋办呢？羊不伸脖子，枣刺不往嘴里送。人不朝前奔，天上不给下包子呀。

按照离婚协议，两个娃一人管一个，结果后来两个娃都跟演庄了，如今一个上初中，一个上小学，一天天都大了。演庄觉得，一个也是养，两个也是养，姊妹俩在一起能作伴，不寂寞。

咦，我咋听着这话熟熟的。

演庄说他是被动当网红的，都是别人拍了他的视频发网上的。出名以后，不接商业活动，也不带货。扇子五十元一把，以前这个价，现在还是这个价，水涨船不高，火了人不飘。只要不下雨不下雪不下刀子，就出摊，一把扇子实打实画上一个小时，不敢少画一笔。反正出摊一次基本就是画五把扇子，画完就回家。回到家，当夜猫子，还继续画，画大幅的，他有搞画展的心哩。画扇子挣的钱嘛，够养两个闺女就行了。

我听了就感叹：“我那个老哥画个缩脖子老鹰，一幅就几千元哩。”

演庄说：“我走的是群众路线。我画老百姓消费得起的扇子。热了扇扇凉，不热了看画，多好的事呀。”

边聊边画，画完最后一把扇子，已经过了十二点了。此时，笙歌归院落，歌舞下楼台。大唐不夜城人群已经散尽，瞬间空空荡荡。我还远远瞥见了“不倒翁姐姐”和一群女演员来不及卸妆，披着羽绒服匆匆夜归。

演庄收拾好画具，我俩步行走出大唐不夜城，挥手道别。我朝西走，他扫了一辆共享单车，朝东走。

我知道，虽然夜深了，但家里有两个女儿在等着他，有五只猫在等着他，有他的画案在等着他，有生活在等着他。

陈花脸

我做记者的时候跑“民俗口”，常去西安市非遗保护中心采访，认识了不少民间艺人。其中有个画秦腔脸谱的，姓陈，听说此人原来就是个唱秦腔戏的，铜锤花脸。所以他的真名没人提，都叫他陈花脸。

最初我没有见过真人，只见过宣传资料上的照片。这陈花脸头大脸大，油彩一扮上，横眉竖目的，让人不识庐山真面目。

那几年我零零散散听了几耳朵关于陈花脸的事。听说，陈花脸十四岁进戏校，学戏五年，四功五法学得扎扎实实，可惜还没有怎么登台秦腔就没有几个人听了。再加上陈花脸的嗓子一直没有打开，气息上不到头腔，后来干脆就不唱了。陈花脸家是沙井村的，那是西安有名的城中村，他家里一整栋楼在那儿出租着呢，不唱就不唱，回家安稳做包租公，喝喝茶，泡泡澡，滋滋润润的，完全可以躺平。

可是，陈花脸爱秦腔戏啊，不唱了心里又痒痒，在家把门一关给自己勾上花脸过瘾。先是给自己脸上画，后来一发不可收拾，纸上画，墙上画，窗帘上画，马勺上画，镜框上画，葫芦上画，板凳上画……逮住啥在啥上画。

陈花脸他爸一看这阵势，有些慌了，村里别的小伙子都玩游戏哩、骑摩托哩、抽烟喝酒吹牛哩，咱娃一天就知道钻到屋子里画画画，脑子有“麻达”了吧，就把他往外撵。

陈花脸出去了，也就是两个地方钻。一是古玩市场，不看翡翠不看蜜蜡，只在旧字画、老纸堆里翻，专寻烂成片片的脸谱画片。二是寻唱戏的老艺人谝，一老一少在城墙根下晒着暖暖，两句不离曲，三句话不离戏，说到兴起，少不了吼上几声：“呼喊一声绑帐外，不由得豪杰笑开怀……”

陈花脸他爸又慌了，觉得这娃魔障了，赶紧给寻个媳妇吧。这时候的陈花脸也二十好几了。

介绍了个对象，星巴克见面，两人互相一笑后相对无言。陈花脸看女娃勾了眼线，一杯咖啡没喝完，终于忍不住，说：“下次我给你画，你手生，颤笔哩。”

女娃噗呲一声笑了，半口咖啡吐到衣襟上，脏了一坨。陈花脸赶紧掏纸巾，要擦，手都伸过来了，看女娃胸前鼓鼓的，脸一红，停住了。女娃又笑了。

杭州有句俗语诗咋说的？“有缘千里来相会，三笑徒然当一痴。”这亲相成了，陈花脸娶到手一个花媳妇。双喜临门，陈花脸还成了非遗保护中心认定的秦腔戏剧脸谱传承人。

可是，我又听人说，不是，不是，陈花脸就不是城中村收房租的，家里是西大街的城隍庙市场做生意的。这就奇怪了。

这个说法是，陈花脸并不曾进过戏校，可是和秦腔戏也确实有渊源。陕西人说秦腔戏看的就是“吹胡子瞪眼要帽翅”，戏台上的帽子讲究大了去了。陈花脸他爸老陈就是个秦腔冠帽师傅，“盔、冠、巾、帽”四大类，百种样式他样样精通，在西大街的城隍庙有门市。后来随着秦腔的没落，戏曲冠帽也鲜有人问津，老陈的门市还开着，只是转行做舞蹈服装道具的出售和租赁了。

看店的就是小陈。无聊时常趴在柜台上胡画，画戏文。你想，老子做冠帽的，儿子自然没有少听过戏啊。画的是什么《铡美案》《五典坡》《周仁回府》……里面少不了画脸谱了，白脸曹，黑脸包，红脸关公挎大刀。画多了，手渐熟，也有人夸了，他的胆子大起来，买来宣纸画满满当当的一副四尺的秦腔脸谱图，拿到书院门装裱了，挂到店里自己看着玩儿。不料常有游客路过，瞥见了，就当旅游纪念品半抢半买搞走了。小陈一来二去，渐渐有了名气，成了陈花脸，还被非遗保护中心收纳进去了。

这陈花脸到底是何来路呢？等我后来在非遗中心混久了就破案了，原来陈花脸是两个人。沙井村的陈花脸叫陈耀武，城隍庙的陈花脸叫陈川平。两人年纪也差不多，陈川平比陈耀武大三岁。

这两人我后来都熟识了。我先认识的是沙井村的陈花脸陈耀武，关系不错。后来陈耀武出了一本书，就叫《秦腔脸谱》。我采访他，去过他家。五层楼，一楼是门面，院子有一排插座，供租客的电驴充电用。

问他为啥要编这本书。他如数家珍，说了个一二三四五六七。比如，他说秦腔脸谱比京剧、川剧等脸谱更复杂，更有装饰性呢。秦腔脸谱夸张、泼辣、随性，以扭曲、歪斜、不对称来呈现一种特别的美感，所以有“歪脸”之说。

后来我离职做了核雕工艺师，刻起了桃核，人物开脸上也受到了秦腔脸谱“歪脸”的启发和影响。

那时候他已经有俩女儿了。我瞅见他给俩闺女做了两个板凳，凳面画着脸谱，一个是孙悟空，一个是鼻梁抹着豆腐块的小丑，怪有意思的。

陈耀武怕我屁股大，把这小板凳压塌了，赶紧收了，又给我讲秦腔班子给包公画额头的月亮，是照实画的，抬头看见月牙，就画个月牙，看见半月，就画半月，要是满月，就老老实实画成满月了……聊着聊着，话头引到另一个陈花脸陈川平身上了。陈耀武笑笑，只说一句:“川平有本事，把钱挣美了。”

这话不假，圈子里陈耀武比陈川平的影响大，但是圈外陈川平的名头更响。因为陈耀武好静，埋头做事不吭声。陈川平毕竟是城隍庙里长大的人，爱热闹，喜宣扬，凡是非遗中心有活动必要露脸。有活动自然会有领导来视察指导，或有名人来锦上添花，更有记者跟着摄影拍照。这时候陈川平必往领导和名人跟前凑，就为了一起出镜。非遗中心的其他民间艺人看在眼里，瞧不上他那嘴脸，暗地里给他起了一个外号叫“陈凑凑”。东凑凑，西凑凑，凑来凑去，混了个脸熟，报纸也上了，电视也上了，还交了不少记者朋友。陈川平经常请他们吃饭、唱歌、洗脚，就有记者发稿子说陈川平是“秦腔脸谱第一人”。这话说大了。非遗中心的负责人也问他这“第一人”的说法哪里来的。

陈川平心里委屈，觉得人怕出名猪怕壮，遭人嫉妒遭人恨啦，就和非遗中心的那些人不相往来，自己在鼓楼后面的回民街开店去了，打着“秦腔脸谱第一人”的旗号专卖秦腔脸谱类的纪念品。那里人流量大，所以生意很红火，雇了三四个小姑娘忙前忙后的。所以陈耀武说陈川平把钱挣美了。

我有一次去陈川平店里逛，满墙都是陈川平的合影照片，有一张是和影星成龙，他搂着成龙的腰。那时候我还做记者，陈川平认得我，对我着实热情，拿了一套脸谱书签非要送我。我一看标价，不便宜，三百多块。但是我也知道，淘宝上也就三十多元。所以尴尬就来了，收了吧，拿三十元的东西欠三百元的人情。不收吧，他臂力惊人，笑脸相陪，我还真招架不住。

陈川平一边硬塞一边说：“这算啥，你拿回去给你闺女耍嘛，以后还要麻烦你多宣传宣传老弟哩。”

我赶紧打岔，问他店里为啥见不到他手绘的作品。

陈川平说：“嗨，忙得屁股冒烟哩，哪里还有工夫自己画。咱这是景区嘛，来客只问便宜不便宜，谁还仔细看好赖呢？我倒是有手绘的好东西哩，贵，没有进的通货卖得快。卖得快才是硬道理啊。”

没几天，陈川平就打电话约我吃饭，我说我吃过了，问他有啥事。他说，就是吃个饭聊聊天。我说，行，有机会我请你吃羊肉泡馍。他说，我请你，我请你。羊肉泡馍不稀罕，我请你吃甲鱼泡馍，滋阴壮阳哩。周末，咋样？你把你同事也叫上，喝上几杯，咱热热闹闹的。我说，你肯定有啥事呢。

果然有事，他给我发了十几张图片和一个通稿，让我发到我们报上。图片是多角度展现陈川平和他的脸谱作品，他穿了龙凤呈祥的对襟中式衣服，还搭配了一条红围巾。通稿标题非常长，是《秦腔脸谱第一人绘出秦腔脸谱十米长卷为西安世园会献礼》。

当时西安要开世园会，每个西安人都收到了门票和纪念邮票，满大街都是喜迎世园会的标语。

恰巧那天陈耀武等几个传承人去大明宫小学做非遗课的主讲，我也去了，顺手就把照片给陈耀武看。陈耀武看过直摇头。

我问咋了？陈耀武指着图片说："胡闹哩，我看他画的脸谱就不是秦腔脸谱嘛。大部分是京剧脸谱嘛，小部分姓秦，那也不是秦腔脸谱，是过年耍社火时候的社火脸谱。唉，照猫画虎从网上描的……也算是同行，有些话我就不好讲了。"

于是，我没有发这个稿子，但是同城的其他几家报纸基本发了。因为这事，陈川平和我的关系淡下来了，也没有请我吃甲鱼泡馍。后来，我不做记者，刻我的桃核去了，忙忙碌碌的，和陈耀武的往来也不多了。两个陈花脸只活跃在我的微信朋友圈里，可知其动向。

新冠肺炎疫情期间，陈耀武扮成舞台上的包公、关公、秦始皇等戏剧舞台形象，在沙井村村口负责测体温宣传民众戴口罩哩。我是在他的朋友圈看到的。

真是一个可爱的人，我还转发了这些照片。

没想到，陈耀武这些照片陈川平也转发了，看来两个人还是有联系的。但是陈川平没有说明此陈花脸非彼陈花脸。然后我看到底下有很多人的评论，其中有一条是：弘扬秦腔文化，传承脸谱艺术。秦腔脸谱第一人陈花脸，加油！

严将军

严将军最初在西安城墙景区工作，蹬三轮，是城墙上的骆驼祥子。

那三轮是观光车，拉游客在城墙上绕圈圈。一圈约十四公里，五十元，半程三十元。只要上了车，哪怕车轱辘只转了一圈，游客不想坐了，要下来，那也算半程。

严将军说这个工作全球最好，拉着中外游客，饱览古城美景，还能挣钱，给他个县长都不换。当然了，县长也不愿意换。

不过确实也辛苦，体力活嘛，风吹日晒的。有一次拉了一个西洋女士，拉完一圈，严将军筋都断了，非要收人家一百元。

西洋女士眼睛瞪得像铜铃，“歪，歪，歪”，问他为什么。

严将军怕听不懂，结结巴巴地，连说带比画：“哈喽，哈喽，你坐飞机来西安的吧？飞机上一个座位坐不下你吧，你买了两张票，掏了双份的钱吧？哈喽，哈喽，你一个人顶两个人重，我的车轱辘都被你压得扁了，你也得……”

正掰扯不清呢，景区管委会一个头头过来了，对严将军低吼：

“能干了干，不能干了避。”

陕西话里，“避”发“屁”的音，不是让你躲避，而是让你滚蛋。

严将军噤声不言传了。

还有一次，拉了一对老夫妻，京腔，一问，果然是北京的。严将军感觉非常亲切。严将军的弟弟在北京读大学，他陪着弟弟去报到，沾光逛了北京，看过天安门升旗。

严将军热情高涨，一边蹬，一边与其侃大山。他考人家，西安的钟楼和鼓楼哪个高。老夫妻不能答。严将军笑了，说一样高，都是三十六米。

严将军又问：“钟楼鼓楼要是和北京的天安门比，哪个高？”这回轮到老两口笑了，说当然是天安门高。

严将军大喊一声“错”，跳下车，兴奋道：“天安门才三十四点七米，没有钟楼鼓楼高。”

老夫妻翘大拇指，狠夸：“嗨，真别说，西安真不愧是文化名城啊。个个都是满肚子的学问。没白来，没白来，涨知识啦。”

严将军一脸羞，道：“受过业务培训，虽说是蹬三轮的，也顶半个导游哩。”

最后，严将军很开心地给打折了，只收了两人五十元。

后来三轮观光车取缔了，换成了可以租赁的自行车，游客骑了车在城墙上到处转。

老严不蹬三轮了就进了仪仗队。他们打扮成大唐士兵在城墙上列队巡游。严将军是个大个子，扮演领头的将军，所以得了“严将军”这个外号。

有一次，听见两个外地人在城墙上唠叨：“嗨，西安有啥啊，破城墙，一点意思都没有。”

严将军气得浑身都颤哩，都想把腰中的假宝剑拔出来。啊，现存最大的古城垣，你说一点意思都没有？啊，古建筑史上的奇观，你说一点意思都没有？啊，全人类的文化遗产，你说一点意思都没有？

想得好好的，可是走到跟前了，却脱口而出一句粗口：“你俩瓜皮，懂个球！”

那两个游客脾气也不好，然后就乒乒乓乓干仗了。城墙上乱作一团。

景区管委会的头头来了，还是那句：“能干了干，不能干了避。”

这回来真的了。严将军撕下假胡子，脱下铠甲，走下了城墙，此后再也没有上去过。

以上都是严将军跟我说的。此后我就叫他严将军，我叫他就答应，非常自然。

我和严将军的相识还要从“含光三友”说起。

几年前，我还有单位，每天需要去含光路上西安美院门口坐三十六路公交车上班，常会遇到附近的三位大仙。

也不是这三人有一天心血来潮了，凑在一起，说我们搞个组合吧，就叫“含光三友”，而是我在心里偷偷起的。我觉得这三个人有些意思，是市井人物里的异类，就暗自冠以名号了。他们三个人各行各道，并不认识的。

其一是个修表的，地盘在交通银行门口的台阶上。

说是修表的，看着倒像个算命的。干瘪脸，小胡须，神情阴郁，眼镜耷拉到鼻尖，看人时眯着眼瞅。脚底摆个牌子，上面四个字：专家修表。

过了一段时间，可能觉得自封专家太高调、太张扬了，不够谦逊稳重，遂改动一个字，成了：专业修表。

又过一段时间，经过内心的纠结和挣扎，觉得还是要突出自己在修表行业的权威性，又改了：修表专家。

不知道下一回会改成什么，非常期待。

其二是个吹笛子的。他风雨无阻，每天下午准时出现在美院门口，出入的学生在他面前走来走去。他精神饱满地吹着笛子，以悠扬的笛声迎送之。从秋到冬，从春到夏，他永不缺席。

此人满面红光，寿星眉向上一翘，脚下也有牌子，就俩字：收徒。我不明白他为什么选择在美院撂地收徒。为何不在音乐学院门口蹲守？怕音乐生瞧不上吗？

有一次，我拿出相机拍他，想发朋友圈。他看见了，对我笑，很配合地摆姿势。唉，不知道他什么时候可以收到徒弟呀。我疑心他就是想找个地方过过表演瘾而已。

还有一个就是严将军啦。

严将军是个蹬三轮的。和在城墙上蹬三轮不一样，他现在拉货。美院附近有不少画框店，他就专门守在附近，主拉画框，兼顾其他。

此处蹬三轮的有好几个呢，为什么偏偏记住了他？因为他是个会织毛衣的男人。他有一个“红星软香酥”的红袋子，挂在车头，里面就是毛线和毛衣签子，等生意的时候就拿出来织。严将军大个子，用陕西话赞一声，就是“披挂美得很”。个子大，手就大，毛衣针在他手里就像牙签。

有一次我在网上买了个二手的桌子，想让他给我拉回来，问他愿意接活不。他平静地编织着，织啊织啊，把我晾到一边，直到那道线织到头了才停下手，一抬头，声若洪钟地说：“可以嘛。”

帮我拉了一回桌子，此后就认识了。我是个闲人，爱谝，路过他的三轮，有时就停下和他聊一阵子，他边聊边织毛衣。混熟了，他告诉我他织毛衣的来由。

五年前，其母去世，他整理遗物时翻出了一件没织完的毛衣。那是母亲给严将军准备的四十岁生日礼物。此前，他母亲根本没有织过毛衣。他母亲年轻时和人私奔去了重庆，老了才回来，让严将军养老。老太太爱吃韭菜盒子，一天一包烟。

严将军便试着学织毛衣，把那半件给织完了。此后上瘾，不织难受。他还说，他们家族有老年痴呆症的遗传，织毛衣可预防。

严将军家是西安郊县的，王莽乡，刘秀村，整个一个两汉风云。他告诉我，他们村产稻谷、出麦子，有荷塘和桃园，还出过秦腔名角何振中。可惜我不听秦腔，也不知道是多大的角。

他永远活在回忆里，特指他在城墙上的那段时光。他喜欢给我讲他以前在城墙上的“五马长枪”，讲他蹬三轮拉过最大的官是联合国的一个什么干事，讲他在城墙有鸡腿和鸡蛋的工作餐，讲他穿着将军铠甲被游客簇拥着照相……

他太爱城墙了，他说他上辈子肯定是城墙上的一块砖。说起城墙，滔滔不绝，就是个专家，什么数据啊、掌故啊，也不知道是如何记下的。

他还告诉我，他喜欢过城墙上的一个讲解员，圆脸，有酒窝，比他小七岁，是个嫩生生的小妹子。城墙讲解员是工作一天休息一天，他在城墙上的日子就变成了一天晴天一天阴天。他的遗憾是，两人说话没有超过五句。更遗憾的是，没敢表白。

严将军结婚了吗？是个谜。他曾经告诉我，他有媳妇在老家。但是他有一次感叹说“像我这样的光棍呀”。这是什么情况，我也不好意思细问。

那条街上的生意慢慢不好做了，好几家店门口都贴上了“转让”的条子。严将军也跟着挣不来钱，织毛衣的时间就更多了。

我请他吃过一次饭。有次我和几个朋友去吃羊肉泡馍，看见他了，喊他一起去，他死活不去。第二天，我心不死，碰见他了，又喊他去吃泡馍，我一喊他就去了。掰馍的时候，他说了实话：“你那几个朋友都穿得洋气，我穿得烂，坐到一个桌子上不自在。”

我说:“你有啥不自在的，你可以讲讲城墙，给我们上课。”

我这么一说，他有一些自信了，知道我写文章，摆出要和我谈文学的架势，问我喜不喜欢路遥的《平凡的世界》。

我没法回答，含糊一笑，说:“你喜欢就好。”

严将军还要看我的文章，我说行，却总觉得拿不出手，就迟迟没有给他看。

前年，含光路上出车祸，严将军这个人就没有了。

吹笛人呢?今年春天后也突然不来了。是招到学生了吗?

“含光三友”剩下修表人一个，坐在台阶上打瞌睡，旁边放着一个收来的旧钟，针耷拉着，不走，安安静静的。

第四辑 >>

黄鸡 白酒 五陵乐

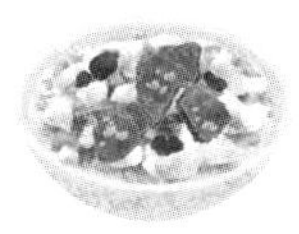

HUANGJI

BAIJIU

WULINGLE

糊辣汤

早起是痛苦的，上班是痛苦的，早起上班是非常痛苦的。能够驱使我一大早弃枕离席、挤地铁到单位去上班的动力是，能够赶上“伊新楼”头一锅的肉丸糊辣汤。西安人常说，牛肉丸子糊辣汤，要有多香有多香。这不是胡说。

肉丸糊辣汤说白了，其实就是蔬菜牛肉丸子浓汤。牛骨羊骨文火熬汤，加上鲜纯劲道的牛肉丸子，再切上成块的洋芋、莲花白、胡萝卜、西葫芦、蒜薹、冬瓜等蔬菜一锅煮熟，勾芡，加特制的香料，熬啊熬啊熬成糊烂状。热热乎乎来一碗，呼噜呼噜吃下肚，解馋，舒坦，舌头都直了，有成仙之感。

南方人形容食物味道鲜，说“眉毛都鲜掉了”。陕西人吃一碗糊辣汤，就感叹“舌头都直了”。那是因为汤里有花椒，所以吃罢后，身子微热，舌尖微麻。

就这样带着些许的幸福感，再去单位签到。这已成习惯，近乎仪式，冬夏无阻，风雨兼程。这让我从心理上感觉自己更像是“伊新楼”的一名老员工。

您瞧，“糊辣汤”这几个字应该这么写，不能写成“胡辣汤”。这俩不是一回事，就好像枫糖和蜂糖，发音一样，实为两物，不可混为一谈。

胡辣汤那是河南小吃，逍遥镇的最有名。汤内为面筋、豆腐皮、粉条、千张丝、花生米……放胡椒出鲜辣之味，所以叫胡辣汤。吃的时候配水煎包或油馍头（类似油条，个头较小）或葱花饼。

大乔小乔，各有各娇。糊辣汤、胡辣汤都好吃，我还是偏爱咱们西安的肉丸糊辣汤。

我媳妇不理解：“在家冲个麦片吃个鸡蛋不行？天天早上跑去吃一碗糊辣汤，不腻吗？”

我说：“不腻，不腻，我愿意。刘备吃了糊辣汤，桃园结义逞豪强。关公吃了糊辣汤，青龙偃月斩颜良。张飞吃了糊辣汤，丈八蛇矛守当阳。赵云龙吃了糊辣汤，单骑救主一杆枪。诸葛亮，脸蛋光，挑食不吃糊辣汤。唉，只落得，六出祁山受恓惶，五丈原上一命亡啊，一命亡。”

我媳妇说我胡说八道。

天天去，天天去，“伊新楼”的大叔老板已认得我了，不用问，知道我惯例是一个大碗的糊辣汤，带一个馍。眼皮一抬，发现是我，就摸出一个绿牌子和一个放在盘子里的坨坨馍递过来，全程无话——大碗是绿牌子，小碗是红牌子。

拿着牌子和馍，屁股一扭，就可以去领糊辣汤了。

热气腾腾的糊辣汤在一个特大的铝盆里散发着香气，盆底有炉火保温。糊辣汤要吃热的，一凉汤就泄了——啥叫泄了？糊辣汤勾芡后才变得浓稠，一凉就会变稀，口感就会变糟，不能入口，这就是泄了。

舀糊辣汤的是个老汉，应该是老板他爸吧。舀糊辣汤是技术活，一把木勺，一抡，一搅，一舀，一倒，这起落之间，不拖泥不带水，带着把式，透着潇洒，不多不少来上三勺就盛满了一碗。不但干净利落，没有一星半点洒在碗外或流在碗沿，一勺下去舀出来多少个肉丸子还得心里有数。牛肉丸子舀多了老板亏本，舀少了主顾埋怨。一般来说，一碗有诚意的糊辣汤里实实在在的二十多个牛肉丸子是跑不了的。遇到熟客时店家通常还会不动声色地多舀几个牛肉丸子，这就叫人情味。

舀好了，老汉问你辣子加多少。说的是陕西话，生冷蹭倔。

我一般就四个字："少点，干点。"我怕辣子吃多了得痔疮。辣椒油多了我嫌油腻，所以要干点。

后来老汉和我熟了，也不问了。

一勺红艳艳的油泼辣子按要求倒进碗中，就好像桥梁剪彩了，佛像开光了，新娘子揭了盖头了。礼成。糊辣汤就可以端上桌开始享用了。

别的店还会给你碗里淋几滴香油，撒一撮香菜末。这是要喝馄饨？瞎搞。"伊新楼"就不搞这一套，就是一勺油泼辣子。糊辣汤里本身有花椒粉等香料，加上油泼辣子，锦上添花，美得很。

糊辣汤里的油泼辣子有讲究，得是大片的，如鱼鳞状，带完整的辣椒籽，细磨的不行，没有那种特有的丰厚香醇之味，没有咬到一颗辣椒籽后瞬间在口中释放焦香的惊喜感。

吃乾县豆腐脑才放研磨得极细如粉的油泼辣子，这样才配得上豆腐脑的细嫩。吃羊肉泡馍配的辣子则是突出咸味的辣子酱。啥辣子配啥吃食，都有下数，错不得。

有一次，我与某博物馆的馆长有约，一见面，我就问:“王馆长，早饭吃了没？”

王馆长咧嘴一笑:“吃了，吃了，糊辣汤。”

瞅见他牙花子上黏了几片油泼辣子，经典的鱼鳞状，我不由赞叹道:“王馆长，你是个吃家啊，一看这牙上的辣子就知道吃的糊辣汤正宗。哈哈哈，吃的是‘刘老虎’还是‘铁疙瘩’？”

“刘老虎”和“铁疙瘩”是糊辣汤界的天王巨星。

王馆长赶紧起身伸出手要握:“知音，知音。我们都是糊辣汤爱好者啊。一定要约一次，一搭到坊上吃糊辣汤去，我掏钱。”

当然了，后来因为忙，并没有和王馆长一起吃糊辣汤。但是王馆长好几次在微信朋友圈给我推荐过什么“逛西安必吃的十家糊辣汤”之类的帖子。可见王馆长不是说嘴，是真爱吃糊辣汤的同道中人啊。

说回咱们那碗已经端上桌子的糊辣汤吧。

吃糊辣汤的时候要用勺子把油泼辣子搅开。糊辣汤，糊辣汤，不辣不成汤。其实别看给你碗里搁了那么多辣子，其实不辣，主要是香。搅匀了，放心吃。热油一浇，把辣椒的香味逼出的同时也把辣椒的辣味灭掉了七成，这就是油泼辣子的好处。

有些所谓的专业吃家胡说八道呢，说糊辣汤的正宗吃法是不用勺子，而用筷子拨，吃到最后，碗底干干净净才算地道。哼，故弄玄虚，故显高明！有勺子不用，拿个棍棍呼哧呼哧乱拨，吃相不好看啊！大家想用筷子用筷子，想用勺子用勺子，自便，享受充分的民主和自由。同吃一锅糊辣汤，同食之谊要珍惜，我们需团结与友爱，坚决反对用筷子的歧视用勺子的。

喝豆浆要配油条，喝油茶要配麻花，吃油泼面要配大蒜，吃肉丸糊辣汤的时候要配坨坨馍。这都是黄金搭档。坨坨馍散发着纯粹的麦香，白口吃也很好。可以把坨坨馍掰碎了泡在汤里，也可以喝一口汤再咬一口馍，随你心意。

个人推荐坨坨馍掰碎了泡在汤里吃。汤是浓汤，馍是干馍，所以馍的表面会吸收一部分汤汁，但是整体并不会泡得软塌，依旧有嚼头。你想想，糊辣汤里，菜是绵软的，肉丸是弹牙的，再加上馍疙瘩是有韧劲的，多种层次的口感都齐备了，多美好啊。

这种泡馍吃法最正宗了。一些老吃家习惯一进来先要一个空碗，坐在那里一脸严肃地掰馍。馍掰好了，还要起身，顺势把碗轻轻摇上一摇，让掰好的馍疙瘩在碗底排列平整，这才心满意足地端碗去舀饭。这套功课没做合格，他们都不好意思把碗递给舀糊辣汤的店家。

土豪一些，可以配腊牛肉夹馍。若是小胃人士，不建议点这个，肉多馍大，量太实在了，吃了它你吃不了糊辣汤，吃了糊辣汤你吃不下它。“伊新楼”的腊牛肉夹馍我只吃过一次，太撑了，肚子实在装不下。

不过，我也见过两个十六七岁的小伙子，抖着腿，一边看手机，一边吃下了一大碗糊辣汤和一份腊牛肉夹馍。大清早的，一人还灌了一瓶冰峰汽水，真是幸福的小吃货啊。年轻真好，能吃能喝，能耍能作。

“伊新楼”的腊牛肉夹馍一个十元，糊辣汤大碗的七元、小碗的六元，坨坨馍一个一元。

有的店给糊辣汤配的是五香牛肉饼。牛肉馅里有大量的葱花和五香粉。热油一煎，外皮起酥，一咬就掉渣了，吃时需用手接住。

说来说去，吃肉丸糊辣汤还是配坨坨馍好。给这内容丰富的汤加上简单实在的麦香就很好了，不喧宾夺主。我吃糊辣汤的时候就喜欢要一个坨坨馍，掰碎了泡着吃。

有一次，拼桌的一个人剩了半个坨坨馍丢在那儿人就走了。我看怪浪费的，就拿过来默默吃掉，没有觉得不好意思。

西安卖肉丸糊辣汤的到处都是，但是一碗好的糊辣汤和绝世佳人一样，并不易得。我家附近卖糊辣汤的店我吃了不下十来家，均令我失望，有三家让我吃了一口就放弃了。

有的根本不是骨汤做底，不敢细究，弄不好用的是刷锅水。

有的牛肉丸子加了过多的淀粉，成了素丸子。真想摔碗，敢问肉在何方？有的是蔬菜不新鲜，甚至不洗泥，快马乱刀一切就下锅了。这些都属于奸商缺德，应该拉出去枪毙一百次。

有的稀汤寡水，有的下料过猛，有的油泼辣子不出香。这都属于没有金刚钻，硬揽瓷器活。这也是一种耍流氓。

所以，我还是习惯上“伊新楼”吃糊辣汤。这家的糊辣汤如果要挑毛病，那就是个别时候“糊”字上发挥不稳定。糊辣汤嘛，“糊”字当头，是烂糊的意思。有时候“伊新楼”的糊辣汤出锅太早了，蔬菜还欠点火候，土豆不够绵软。吃着这样的糊辣汤，感觉来到假的“伊新楼”了，生活没滋味了，人生不完美了。甚至有失恋的感觉。当下暗暗发誓，“伊新楼”不来了，再来就是棒槌。

第二天，还是不争气地进去了。因为总的来说，“伊新楼”的肉丸胡辣汤还是棒棒的，毕竟只是个别时候发挥不稳定。咱们要有一颗宽容的心，中国乒乓球队那么牛，不是也有丢球的时候吗？再说了，“伊新楼”环境也好、卫生也好，不然我也不会天天去吃了。你以为我真是棒槌啊。我依然坚信，“伊新楼”的糊辣汤是世界上最好吃的糊辣汤。

“伊新楼”其实主营牛羊肉泡馍，是个清真馆子。大清早，时常会有外地游客进店来点餐：“老板，我们要吃泡馍。”

老板也是陕西话，也是生冷蹭倔：“十点以后。”

一脸蒙的游客不甘心，指我糊辣汤的碗：“这个帅哥吃的是？”

老板:“喔，是糊辣汤嘛！”

在西安，牛羊肉泡馍馆子十有八九兼卖糊辣汤。不管是羊肉泡馍还是糊辣汤，靠的都是那一口牛骨羊骨熬出的骨头汤。滋味全在这一锅汤里。

店家大半夜就开始忙活，大锅细火咕嘟咕嘟地熬，到天光初白，汤熬好了，街上的人影也多了起来，一天的买卖开始了。先是做糊辣汤当早点卖，忙忙碌碌卖到十点，撤掉糊辣汤的大锅，这才卖牛羊肉泡馍。

在“伊新楼”最尴尬的事情就是碰上了同来喝糊辣汤的大老板——啊，大老板也亲自来吃糊辣汤啊。

这比在电梯里碰见大老板还要尴尬。你说碰见了要不要坐在一起？坐在一起要不要说点什么？说什么呀，又不熟。一年都说不上一句话。

更尴尬的是当时已经超过打卡时间了，我本来应该坐在办公室里为祖国的繁荣富强努力奋斗，可是我却还在这里慢条斯理地吃着糊辣汤。

当时摆在我面前的有两条路：或者放下糊辣汤迅速离开犯罪现场，或者腆着脸继续作案。

没有一丝的犹豫，我选择了后者。

然后，大老板端着他的碗坐在了我的对面。我们一边共享口腹之欢，一边交流美食体验，呈现出一片其乐融融的景象。

因为有了糊辣汤，大老板和我在那一刻如同一起进了澡堂子，脱下了阶层的外衣，赤身裸体，坦诚相见。

虽说是坦诚相见，最好还是不见。我这人没有出息，有天生的领导恐惧症。

从那以后，我把起床时间提前了半个小时，就是为了给自己争取一个宽松、舒心、自由、独立的糊辣汤时间。为了这口糊辣汤，我太拼了，有这精神我早考上北大清华了。

可是，有一天，我在上班路上收到了一条短信：小杨，咱们一会儿伊新楼见，一起吃糊辣汤有意思。

发短信的是大老板。

天啊，放过我这个孤独的灵魂吧。哦，对了，我是不是应该把糊辣汤爱好者王馆长介绍给他。

掰馍记

我有一个饭友，叫老寇。

一起坐牢的，叫狱友。一起爬山的，叫驴友。一起扛枪的，叫战友。我和老寇经常一起约饭，绝对称得上是饭友了吧。

老寇毕业于西安音乐学院，却是个生意人，能折腾，开了艺术培训学校，就在莲湖公园，生意很红火。老寇挣钱之余，还有人生追求，一有空就往郊县的农村跑，采风，搜集民歌。

我做记者时，采写"西安鼓乐"的稿子，在一个活动中认识了老寇。老寇是活动负责人的师弟，于是来帮忙，跑前跑后很是出力。

那个活动管饭，又是鱼又是虾的，还要装斯文，敬酒碰杯说场面话。我是个长着老陕肚子的粗人，自然没有吃好，活动结束了又偷偷跑到街上找了个面馆去吃面。一进去就瞅见一个人抱着大老碗咥得正欢。面熟，走近一看，不是别人，老寇。

我憋住笑过去和他一起吃。边吃边聊，自然聊到吃上，他说："糊辣汤似情人，一碗就勾魂。油泼面才是正妻，解馋又顶饥。羊肉泡馍如初恋，莫能相忘心里念。”

我说：“羊肉泡馍好啊。游牧文化和农耕文化在西安这地方金风玉露一相逢，便胜却人间无数，然后抱成一团在地上滚蛋蛋，滚呀滚呀就滚成了一个圆。这圆就是一个大老碗，里面有肉有馍，那就是一碗羊肉泡馍了嘛。”

老寇激动了：“约，约，约，羊肉泡馍约起来。”

于是，三天后，我们在“某某楼”泡馍馆又相见了。一人端一老碗，碗里搁俩坨坨馍，摆好架势，掰起馍来。

樱桃好吃树难栽，泡馍好吃馍难掰。羊肉泡馍的馍是“九死一生”的死面坨坨馍，硬。掰馍讲究掰得碎碎的，如黄豆粒大小为佳。一般来说，一碗泡馍配两个坨坨馍，需细细掰完，可不是三锤两梆子就能解决得了的，得拿出水磨功夫，慢慢掰上大半天不可。虽然比不上上山背石头，可也绝对不是轻省活儿。掰馍费手，要是没有点九阴白骨爪之类的功夫，两个馍掰下来，指头酸疼，手腕疲乏，鞘膜炎都能给你掰出来。

可是，馍掰好了，端到后厨香香地煮出来，谁还会计较掰馍的辛苦呢？自己一点一点掰的馍，煮出来的羊肉泡馍才格外香哩。现在的泡馍馆子给食客提供机器绞好的馍疙瘩，用我报社一位领导的话说，就是“馍都懒得掰了，吃个锤子羊肉泡馍！”

老寇听了，说我们领导有水平，话粗理不粗，腰上挂葫芦。

我问为啥腰上挂葫芦，挂一串钥匙不行吗？

老寇咬了一口糖蒜，笑了，说那是歌词，陕南民歌。

从此，我和老寇建立起了深厚的掰馍之交、泡馍之谊。

老寇的艺术培训学校我去过，有一面照片墙，上面挂的都是教职人员和优秀学员的照片，显眼处有一张是老寇的。照片里老寇穿着汉服抱着琵琶在“起霸”。啥叫起霸，就是唱戏的摆架势，凹造型呢。这张照片是他的得意之照。老寇四年音乐学院不是白上的，擅长三大乐器演奏，吹箫、敲碗、弹琵琶。

有回，老寇无意中发现，他的那张弹琵琶的照片不知道被谁恶作剧，嘴上添了两撇胡子。老寇很是恼火，问底下的人谁这么手贱。有人就捂嘴一笑，说:“还有谁，你那个经常跑来混饭的记者朋友呗。”

对，说的就是在下。

老寇找我对质。我笑一笑，承认了，说:“我就见不得男人穿汉服却没有胡子，咋看咋像个太监。我给你添了胡子，就等于是给你壮阳哩。你好好想想该咋谢我。”

老寇再看那照片上的胡子，越看越觉得不是游戏涂鸦，倒是郑重其事，有章法、有讲究地添上去的神来之笔。当下转怒为喜，拉了我开开心心去吃羊肉泡馍了。

老寇他们学校的人看了，都说这真是一对好朋友、两个神经病。

吃羊肉泡馍，要端个碗先掰馍。所以吃泡馍特别适合两个知心好友对坐而食，碗对碗，面对面，心对心，一边从从容容掰馍，一边轻轻松松聊天，等馍掰好煮好，热热乎乎一吃，那叫一个和谐圆满。

下围棋有个别称叫“手谈”，老寇把这个词借过来用在吃泡馍上了。吃泡馍的妙处就在于“手谈”二字，一边动手掰馍，一边谈天说地，手动嘴动，两不耽搁，相辅相成，其乐无穷。

说实话，羊肉泡馍真是闲人饭。正是有闲工夫了，才能约了朋友，才能安心踏实地坐定，才能掰馍，才能闲聊，才能“手谈”。老寇要是喊我去吃泡馍，就说，我们来手谈手谈。我一听，秒懂，会心一笑，屁颠屁颠就来了。那真是一段美好的岁月啊。

其实，西安的吃食，除了牛羊肉泡馍，可以手谈的多了去了。葫芦头要掰馍，可以手谈。羊肉水盆要掰馍，可以手谈。粉汤羊血要掰馍，也可以手谈……

肉丸糊辣汤也一样。

西安人吃肉丸糊辣汤是分等级的，就靠掰馍来区别。普通食客先要一碗糊辣汤，再要一个馍，举馍于碗上，开始掰，一疙瘩一疙瘩落糊辣汤碗中，搅拌一下，呼噜呼噜开吃。高级食客是不屑如此的。他们先拿个空碗，直接朝空碗里掰馍，掰好了，手一抖，碗一晃，碗里的馍疙瘩就摇得平平整整了。这才把碗递到打糊辣汤的老板手里。老板一看，心如明镜，老吃家来了，不敢怠慢。木勺抡圆了往碗里舀，干净利落只来三勺，正好满满当当一碗，等糊辣汤顺着碗里馍疙瘩的缝隙渗下去了，最后再用勺尖在锅里蜻蜓点水，挑出两个肉丸加到碗里去，以示优待，这就是人情。

除过老寇，我还有一个饭友郑秋明，我们习惯叫他明明。小伙是个画画的，人长得很漂亮，是我朋友里难得五官端正的几个人之一。明明特别爱吃羊肉泡馍，有段时间，我们老混在一起，相约的地方基本就是羊肉泡馍馆子。

明明这货看着文文弱弱的，却掰得一手好馍，又快又好，掰馍如弹琴一般。基本是我才把一个馍胡乱掰好，他两个馍已经全解决完，一碗零珠碎玉似的搁在那里烁烁放光了。

他掰完馍，夸张地两手轻轻一拍，抖抖手上的馍渣子，再把他的碗往我跟前一推，得意道："这哪里是在掰馍，分明是在搞艺术创作。"

我就怼他："掰馍掰得好顶个球，国家给发奖金不？"

那段时间，他是无业游民，穷得连颜料都买不起了。最后竟然穷得中外皆知。国外有个出版商在网上联系到他，让他画一批商业漫画，说先审稿再给钱，一听就知道是个骗子。明明多了一个心眼，所有的人物都不画眼睛，等给钱了再补。结果那出版商更狠，一分钱没有给明明，画稿直接拿去出版了，书名就叫什么"无眼"，据说卖得还很好。明明气得吐血。

那顿饭我掏钱哩，所以明明语气软软地说："掰馍好了当然好呀。掰馍是修行，掰馍可参禅啊。"

明明想钱都想疯了。有一次吃泡馍，掰完馍，他突然兴奋起来，说他要发大财了，说他有个伟大的发明，足以改变人类历史。我一听感觉起码是要灭中国“四大发明”的那种，也跟着激动起来。

原来，他从指甲刀得到灵感，要发明一种掰馍器。吃羊肉泡馍的时候就不用费指头了，林黛玉那样的柔弱女子拿着掰馍器都可以轻松搞定。

明明说了，西安上千万人口哩，一人买一个掰馍器，不多卖，一个十块，就身家上亿啦。我提醒他，现在的泡馍馆不是有绞肉机一样的绞馍机嘛。

明明说：“不一样的。绞馍机直接把馍绞好了，还有啥意思。我的发明既让人享受到掰馍的乐趣，又要避免掰馍对手指的伤害，还是一种可以随身携带的工艺品哩。可以做一些高档的，挣有钱人的钱。用大马士革花纹钢，木柄用黄花梨、用小叶紫檀，又能掰馍又能盘玩又能收藏，送礼也有面子。哦，对了，还可以做成卡通造型，割年青一代的韭菜……”

明明越说越起劲，羊肉泡馍顾不上吃，坨啦。

老寇也认识明明，我说起了明明的发明，老寇嗤之以鼻。老寇不喜欢明明，他嫌明明修过眉毛。一提起明明就摇头：“哼，一个大老爷们，还描眉画眼，真是不害臊。老杨，你可别学这个。”

后来我再见了明明，问他掰馍器的事情有进展了吗，他只是捂嘴一笑，我这才明白，人家就是信口一说罢了，我却当了真。

作为一个掰馍爱好者，我的心里多少有点失望。

后来，明明去日本了，见不到了。

再后来，我和一个姓马的姑娘谈对象。是个老师，教英语的。老寇非要看看马老师是圆脸、方脸还是瓜子脸，说要请我俩吃饭。

不用猜都知道是羊肉泡馍。去了果然是。不过那是晚上了，泡馍馆晚上带烤肉的，我们让老板支了个桌子在店外的国槐底下吃，敞亮，透气。

要了烤肉、花生毛豆、麻酱涮肚，一人又点了一杯冰镇的酸梅汤。三人咕咚咕咚喝完了，才觉得舒服了。秋老虎天气，大晚上了，还是热呀。老寇又要了冰镇的啤酒。

喝到兴头上，老寇开始敲碗，敲《笑傲江湖》。前文都说了，老寇擅长三大乐器，吹箫、敲碗、弹琵琶。鼓点那么一打，嘚嘚嘚嘚嘚，敲得好着呢。

听着节奏，我忍不住跟着哼："沧海一声笑，滔滔两岸潮，浮沉随浪只记今朝……"

马老师也跟进了，笑盈盈地轻吟道："清风笑，竟惹寂寥，豪情还剩了一襟晚照……"

到兴处，声渐高，不顾邻桌和路人眼光。一曲完，三人都觉胸中明月千里、江河一线，有说不尽的舒畅辽阔。老寇看一眼我俩，笑道："你俩唱得好，仿佛令狐冲和任盈盈。"

这话就让人不好意思了，马老师别过了脸偷笑，我也赶紧岔话题，道:“老寇敲碗一绝。古有阮咸弹阮，今有老寇敲碗。”

喝完酒，竟然把人喝饿了，你说怪不怪？一人又要了一碗泡馍，开始掰馍。年轻时候，真能咥啊。

都喝得有点过量，我们掰馍的手哆哆嗦嗦的，但是快乐是真快乐。当一碗油脂丰盈的碳水化合物下肚，快乐到达了高潮。

晚上回到家，老寇给我打电话，说:“你谈了这么多女娃，今天这个马老师是最好的。”

我问为啥。

老寇说:“人长得好看倒是其次。气质好是关键，不扭捏，不做作，酒说干就干，歌说唱就唱，泡馍说吃就吃。啧啧，看着瘦瘦的，一大碗泡馍居然吃得干干净净。这才是咱西安女娃的样子嘛。还记得你上次谈的那个土门的女子，烫个大波浪，吃个饭，扭扭捏捏，挑挑拣拣，牙尖尖上吃那么一点点，跟喂猫一样，把人看得发急……”

我觉得老寇说得对。

老寇又说:“今天你喝多了，做事不细法了，馍掰得大，我看这女娃最后还把你的碗拉过去检查了一遍，疙瘩大的帮你又掰小了。看戏看情节，看人看细节，这马老师不错，会疼人哩。你也老大不小，不敢再万花丛中过了，就是她了吧……”

我觉得老寇说得对，后来就娶了马老师。

结婚后，马老师把我管得严，老寇再约我“手谈”，我十次有九次都因申请失败而无法前往，放了老寇多次鸽子。掰馍之欢，如隔云端。手谈之约，已成旧梦。

老寇因此非常鄙视我，就像鄙视明明画眉一般。我也没有办法啊。直到后来老寇也结婚了，也就慢慢理解我了。

老寇，老寇，等我们老了，退休了，左右无事了，我们相约在城墙下的环城公园，晒着暖暖，看着护城河的流水，慢慢掰馍，慢慢聊天，一起慢慢回忆那过去的事吧。

菠菜面

西安的面食千千万，今天单说菠菜面。

做菠菜面不难。将菠菜榨出绿汁，和面，千揉万揉，揉成绿面一团，擀成绿荷叶铺满案，切成绿丝绦千条万条线，下锅煮，染得一锅青汤团团转，水中浮出了绿牡丹。

菠菜面熟了，捞入碗中，如绿波碧浪，如柳条迎风，有春色动人之感。因为好看，似乎就更好吃了。

西安草场坡的老闫家菠菜面馆应该是西安最有人气的菠菜面馆了吧，网上的西安美食推荐少不了他家的。虽然是苍蝇馆子，来此吃饭的却要排起歪歪扭扭的长龙，店门口的斜坡上停一溜的宝马奔驰——啊，有钱人不是只吃龙虾吗？

老闫家我吃过一次，觉得不难吃，但也不出彩，并无传说中的惊艳之感。但是我不敢说不好吃啊，因为是我们单位的大老刘带我去的。大老刘是这家面馆的粉丝，我说不好吃，怕大老刘打我。更何况，人家大老刘难得请客一次呢。

后来因为拆迁，这家店搬走了，大老刘难过得像初恋嫁人了，无语凝噎，还绝食了一顿。

二〇〇二年时我在某文化公司做事，那家公司是做教辅的。对，就是毁童年、灭人性、让你“感到万分沮丧，甚至开始怀疑人生”的教学辅导类图书。

我们那个老板原来是开印刷厂的，给别人印了几套教辅后开了窍了，觉得可以自己搞嘛。他招了包括我在内的几个认得字的毛孩子，扔给我们几本卷边的教辅书，我们这里抄抄，那里凑凑，几天工夫就将之脱胎换骨成了最前沿、最权威、最独家，专家开光、状元必备的教辅秘籍。一印刷，就赚钱，比房地产、眼镜行、美容医院暴利多了。

老板挣钱挣得眼睛发绿，恨不得我们就像印刷机一样，插上电就不带停的。我们中午吃饭的时间很紧张，都是掐着点儿的，晚回去几分钟就要扣钱。这份工作也让我“感到万分沮丧，甚至开始怀疑人生”。办公室窗外是地处太白路和西斜七路的一片工地，在叮叮咣咣起新楼，竖着一个巨大的楼盘广告“幸福值得等待”。当时西安的房价还没有现在这么疯狂。即便如此，幸福也不敢想象，无法等待。

午饭通常就在楼下吃一碗菠菜面。那家店连苍蝇馆子都算不上，就是建筑工地附近临时胡乱搭的一个大棚，周围的露天地里摆几个桌子。离“幸福值得等待”那个广告牌不远。

在这种地方吃饭，卫生不敢细究。但是，锅底有肉，深潭潜龙，这种地方往往有深藏功与名的大神。这家摊子的面案师傅就是如此。你看他胡子拉碴、其貌不扬，做的菠菜面却好吃到了令人发指的地步。生意超好，排长队，用鞭子抽，用热水泼，队都不会散的那种。

我和公司的几个小伙伴排队时等得心焦，异常痛苦。这时“幸福值得等待”那个广告牌就成了一种恰当的抚慰。这么多年了，这个画面在我的记忆里依旧清晰。当时我想，如果有机会拍电影，这是个好素材。

胡思乱想中，面上来了。面是四棱的，硬，劲道。滑溜，筷子一搅、一挑，碗里小绿蛇乱窜。

等五花大肉丁、豆角丁、胡萝卜丁、土豆丁、黑木耳末、黄花末、香葱香菜末加上肉汁一拌开，香味很霸道地打开你的食欲了。

喝口碧绿的面汤，神归故乡，咬口蒜瓣，荡气回肠。大口吃，细细咽。来不及说嘴，顾不得吃相，也无视旁边的小伙伴了，头扎进碗里只是一个劲猛咥。当然，有时候吃着吃着就暗骂自己真贱，没见过世面，不就是一碗面嘛，吃得忘形，像猪拱槽，把势都倒了。真不是做大事的，以后有钱了吃龙虾还不把舌头都给咽了？

嗨，那时候谁还顾得了别的？这菠菜面里仿佛有个鬼，勾人呢。筷子一动，你就着了道了。初时，齿舌生香，渐入佳境，面是绿的，眼是直的，心是热的，五脏六腑都是颤的。再往后，就腾云驾雾，魂飞魄散，情仇顿消，荣辱皆忘了。吃到尽时心中生恨，一恨碗小，二恨肚子小。不由感叹：人生苦短，不知命里有几碗面的定数哩。

这一辈子呀，我就没有吃过这么好吃的菠菜面！

年轻时候，爱吃肉，总觉得这家菠菜面里的肉块太少，不过瘾。不过，这家店没有加肉这么一说。

刚开始，我和小伙伴去交涉："老板，加一份肉吧，多钱？"

老板："不加。"

我们继续聒噪："老板，加肉！"

老板："不加。"

我们很赌气，不放弃："给你一百，加不？"

他不理你，忙着给人倒面汤去了。

我们百思不得其解。为什么就不能加肉呢？老板，你也太任性了，真想给你家孩子全年赠送我们公司的拳头产品《名校名师天天练时时练不要命地练》。

在这家公司干了几个月，就吃了几个月没有加到肉的菠菜面。有一天老板喊我去他办公室。他就往沙发上一葛优躺，做仰泳状，各种叨叨，挑我的刺。嫌我不好好编书，光知道在上班时间和公司的漂亮妹子谈理想、聊人生。

当时都午饭时间了，我的小伙伴都下楼去了，哎呀，我去晚了菠菜面吃不到了。我心事重重，老板还说个不停。我就烦躁了。

我说："好了，好了，别说了，我辞职。"

老板:“啊，你什么态度?”

我:“这个月工资麻烦现在结一下。”

半个小时后，我离开了这家公司。下楼的时候，在电梯口遇到了吃午饭回来的小伙伴。我知道他们的肚子里填满了菠菜面。

再见了,“幸福值得等待”的菠菜面。

此后我就再也没有吃过这家菠菜面。那片空地后来盖起了高楼，那家店肯定早就不在了。

后来，我就去了一家报社。跑新闻，到处跑，吃过很多家的菠菜面，最终锁定西影路派出所对面那家。这家店的老板心正，菠菜面颜色正，一看就知道不是食用色素调出来的。面也揉到了，所以口感差不到那儿去。虽然比不上“幸福值得等待”那家惊天地泣鬼神，但这家也算是自成一派的绝世高手，吊打老闫家这种人气店绰绰有余。

他家的特色是“四合一”，就是菠菜面里加素臊子的浇头，加西红柿炒鸡蛋，加肉块，加油泼。这四样汇聚在一碗菠菜面里，就是四合一了。对了，可以加肉哦，加一头猪都可以。老板就是这么随和。

一到饭点，常有警察叔叔来用餐，给人进了派出所食堂的错觉。

有一年，我爱人在建筑科技大学阅英语四六级考试的试卷，忙着挣钱，中午没有时间出来吃饭，我就在那家面馆要了一份菠菜面给她带了过去。她吃了说非常好吃。

装到饭盒里带过去，好几站路呢，面多多少少有点坨，口感肯定打折了，她还说好吃。可见这家面是真好吃。

我已经好几年没有去过了，不知道这家店还在不在。希望还在吧。

我觉得南方人吃的青团和菠菜面其实是一个路数。用艾草的汁拌进糯米饭里，揉匀了，绿得可爱，包裹馅儿后蒸熟食用，可以吃到清淡却悠长的青草香气。春天里踏青吃青团，把春天都吃到肚子里了。

苏州老友杨亚洲给我邮寄过青团。亚洲，亚洲，亲爱的亚洲，你什么时候来西安玩，我做菠菜面给你吃呀。

凉皮秀

二〇二〇年年初，放春节假后，西安新冠肺炎疫情形势不乐观，我们一家三口响应号召，一直猫在家里。

躲进小楼成一统，管他姑舅妗子姨。疫情消息满天飞，最初的慌恐紧张逐渐麻木后，生活简单到了吃吃吃、睡睡睡，苟且偷安。吃和睡之间的缝隙就由刷手机填塞了。而这单调无聊之中居然还滋生出了一种类似于养猪的平静安稳的幸福感，用文艺腔来说，就是岁月静好。

于是更加心安理得地吃吃睡睡刷手机。反正咱也不信谣，咱也不传谣，刷手机就是在朋友圈里看看别人的各种晒：晒年货、晒红包、晒口罩、晒年夜饭、晒空荡荡的街景、晒娃、晒媳妇、晒别人媳妇、晒凉皮、晒凉皮、晒凉皮……

啊，虎躯一震，突然发现，家家户户都做了凉皮，吃哩，秀哩，馋人哩。透过手机屏幕，我仿佛看到了一张张刚吃过凉皮后的红油辣子嘴，那么满足，那么喜庆，那么诱惑。

外地的朋友不好说，反正咱三秦大地、古城西安正在掀起一股在家做凉皮的热潮。也没人组织，没人号召，更没有人发奖，反正就一拥而上了，什么䅟皮子、米皮子、烙面皮、擀面皮、醋粉皮子……个个拿出大厨的本事，家家使出网红的劲儿，耍着花子在网上争奇斗艳。

乖乖，俗话说，每逢大事，必有一吃。

想当年，金兀术侵我大宋，杭州军民不就是人人都吃定胜糕吗？

想当年，朱元璋起兵反元前夜，不是老百姓家家做月饼为信吗？

这疫情四起、全民皆兵的特殊期间，咱陕西冷娃躲在家里吃凉皮又是个什么缘故、什么说法？是凉皮里的油泼辣子蒜水水能杀菌消炎预防疾病吗？

说实话，西安小吃里，我爱吃肉丸糊辣汤，爱吃牛羊肉泡馍，但我对凉皮是顶不感冒的，一年也就机缘巧合吃上那么几回，礼节性的，像逢年过节走亲戚。

我媳妇那是实实在在地爱吃凉皮。一段时间不吃，就想呢。逛商场逛饿了，我说咱去吃点好的吧，我说的好吃的就是什么火锅呀、酸菜鱼呀、大盘鸡呀之类的，最起码也得是一碗羊肉泡馍啊。我媳妇偏说，行，吃“三秦套餐”去。令我头上扯黑线。

所谓“三秦套餐”就是一碗凉皮、一个腊汁肉夹馍，再来一瓶冰峰汽水。

她甚至可以接受一种奇怪的凉皮吃法：凉皮夹馍。

在馍可以夹一切的西安，凉皮夹馍是一种神奇的存在。把面皮夹在烧饼里，烧饼套在塑料袋里，一些年轻时髦的西安女娃就拿着它边吃边走，袅袅婷婷地过去，那真是一道亮丽的风景线。

女同志确实爱吃凉皮。有洋人来西安旅游，看凉皮摊摊上挤的都是大姑娘小媳妇，问吃的是啥？导游不知道该咋翻译，就说，哦，那是圣女面。

我媳妇看得眼馋。其实，看过西家看东家，人人都把凉皮夸，这一番轰炸，我也沦陷了，我这平时不吃凉皮的食肉汉子也不由得食指大动、口水暗涌啊。

我和我媳妇一合计，决定学样跟风随大流。我们也要做凉皮，不但要做，还要拍照片在朋友圈晒。让我们一碗凉皮吃得潇潇洒洒，策马奔腾共享人世繁华……

面粉是有的，春节前媳妇单位发了一袋子。我们翻箱倒柜找蒸皮子的锣锣。结果是，没有找到，没有找到，没有找到……绝望中都有回音了。

我俩面面相觑了。嗨，过日子就有这种古怪，用啥寻不见啥，不用的时候它却杵在你脚底下绊你哩。现在上淘宝，也没有快递小哥给你往家送啊。

纵然是凉皮虽好，千般滋味，万种风情，奈何没锣锣，做不成，意难平。

事到如今，腆了脸找人借锣锣吧，小区院子里好些熟人家里都有，平时都不是难事，这点面子还是有的。可是这几天，我贪生怕死，没有拼死吃河豚的勇气，不敢出大门一步。就算我戴了口罩冲出去，估计人家也不敢给我开门呀。

人这东西就是个怪，越是吃不到，越是觉得香。所以人人心里存着个念念不忘的初恋啊，哦，除过我。

唉，我家离幸福只差一个锣锣的距离。

唉，万事俱备，只差锣锣。

唉，家里没锣锣，万事成蹉跎。

没有锣锣，只能眼巴巴地看手机里别人家的凉皮大餐。当看到朋友柳大丸家也做了凉皮的时候，我忍不住拍案而起了。要知道，他们家是不吃辣子的。鄙视之，没有油泼辣子的凉皮是没有灵魂的。可是，有没有灵魂暂且不说，人家好歹有凉皮啊。

要不是没有快递了，真想叫个“魏家凉皮”的外卖。

二十年前魏家凉皮还是一家小店，就在我的大学西北大学的附近，那时候生意就好，后来越做越大，越做越洋活，在西安遍地开花，把“三秦套餐”发扬光大了，肯德基和麦当劳在哪里，魏家凉皮就开在哪里，霸气。魏家凉皮能火，是人家会经营，更重要的是群众基础好，西安人民爱吃凉皮嘛。

没有锣锣，吃不上凉皮，一直馋到了立春那天，本来立春应景的吃食是春饼，结果在西安，凉皮的风头依旧强劲，从朋友圈反馈的数据来看，做春饼的远远没有做凉皮的人多。凉皮不凉，凉皮很热，就连一些身在南方的陕籍人士也拿起锣锣动起来了——咦，他们的锣锣哪里搞的？

没有赵忠祥就不搞春节联欢晚会了吗？没有拔毛钳子就不吃带毛猪了吗？人民群众在吃的问题上向来不缺乏聪明才智。我媳妇找来了一个烤箱里做比萨的烤盘和一个不锈钢的洗菜盆来代替锣锣。真是别有意趣，别开生面啊。

就这样，我们家的做凉皮活动拉开了序幕。

和面水、洗面筋、烧开水、蒸皮子……那边厢，我媳妇一顿操作猛如虎。

捣蒜泥、泼辣子、烫菠菜、炒洋柿子、切黄瓜丝……我这边，一鼓作气，忙而不乱，调度有序，井井有条，自有将帅之风。

一扭头，我闺女早已端坐餐桌，只等开席。

凉皮一上桌，手机先杀毒——多角度、多细节、多风格拍摄。戏做足了，这才开咥。

真真切切吃到嘴里，心里冒出了著名网红吃播“陕西老乔”的经典三句赞：

“美得很！”

“嫽咋咧！”

“再来一瓣蒜！”

吃了一半才意识到，忙着做凉皮，忘了烧稀饭啦。

吃凉皮吃得肚里凉，非要喝一口热粥暖一下不可，以玉米珍子稀饭和红豆稀饭为佳。一碗凉皮一碗热稀饭那才是家里的味道。

媳妇埋怨了我，嫌我不操心，我低头没有言传。

没有言传，是我在思考，这股子凉皮风的兴起原因。

最后，我总结了五点：

第一，还是源于陕西人民对凉皮深入骨髓的热爱。在陕西，凉皮的流派各异，吃法众多，大大小小的凉皮店扎堆，以凉皮为重的“三秦套餐”养育了一代代陕西人。要不然，为啥西安火车站的顶上要竖起来巨大的“面皮”二字呢？

第二，非常时期，足不出户，憋啊，一个个闲得蛋疼，睡觉睡得腰疼，手机刷得指头疼。反正闲着也是闲着，于是想着花样在家操练起了厨艺：烤蛋糕呀，包包子呀，翻出锣锣蒸凉皮呀……做凉皮，好操作，容易找到成就感。你看锅，我剥蒜，全家动手真和谐啊真和谐，其乐融融乐翻天呀乐翻天。

第三，虽然这是个最不像春节的春节，但是一冰箱的卤肉、炸鱼、酥鸡、八宝饭消耗得也差不多了，一肚子的油水靠普洱茶是杀不下去的，非得请出酸酸辣辣的凉皮不可。据说，这股子凉皮风潮是讲究吃完凉皮还要喝干净碗底的醋水水的。

第四，美食是有巨大的抚慰功能的，这是不争的事实。不然失恋的痴男怨女为啥喜欢暴饮暴食？疫情不除，人心不安，何以解愁，唯有吃喝。陕西人爱说“一吃一喝，啥都不落”，这是何等洒脱。一碗凉皮下肚，嘴巴、肠胃舒坦了，人心也就安定平和了，也有劲儿继续在家里躲疫了不是。

第五，有赖网络的推波助澜，你晒我秀，人心从众，凉皮盛宴，遂成狂欢。不拜年，不串门，躲在家里吃凉皮，也算这年春节的新民俗。谁家没做凉皮，就像没贴春联、没看春晚，总觉得缺了点啥呢。

嗨，又不是开会发言呢，还一二三四五，上山打老虎。

好了，我要去发照片了，秀一下我家的凉皮，以此抒发我的良好祝愿：愿世界和平无死伤，愿四季有景花芬芳，愿无疾无病人康健，愿凉皮爽滑辣子香。

吃麦饭

西安人在家吃饭，油泼面、哨子面、炸酱面、蒜蘸面……调剂一下，吃米饭。出门上街多半是吃羊肉泡馍。要是在城里待腻了，就去秦岭山里玩，吃农家乐，那必定是要点一份麦饭不可的。一份不够，接着再上就是了。

村野饭食，能玩什么花子？清末有个《素食说略》，上面说："秦人以菜蔬和干面加油、盐拌匀蒸食，名曰麦饭。"做麦饭就这么简单，面粉裹之，一蒸了之，便为美食。

麦饭本是在荒年里救饥的慈悲菩萨饭。青黄不接时，家里粮食不够吃了，出门捋点榆钱，麦地挖点荠菜，拿回家拌上点面粉热腾腾一蒸就大功告成了。穷到面粉都没有，玉米粉、豆粉等杂粮也能救场，蒸出来也是一顿好饭。此般贫家之炊，如今却是乡野美食，城里人哪个不爱吃呢？

麦饭的花样多，应季时蔬都可以拿来蒸麦饭。水边捞点水芹菜，就做芹菜麦饭。地里割点嫩苜蓿，就做苜蓿麦饭。豆角架摘一把豆角，就做豆角麦饭……反正有啥做啥，没有不好吃的。吃高兴了，拍着肚皮直呼："香得很，嫽得很，美得很。"

陕西话里，麦发美音。麦饭就成了美饭了。

四四方方的西安城，有楼有塔、有街有巷的，可是哪里有水芹之浦、苜蓿之野、豆角之藤呢？西安人爱吃麦饭，说到底还是图个新鲜、换个口味。更何况，西安城中无四季，一碗麦饭知春秋。比如说，菜市场上出现了鲜嫩的苜蓿，买一把回去做苜蓿麦饭吧。这是提醒我们，哦，春天了。

我们院子有个高老师，和我聊得来，他儿子和我闺女是好伙伴，所以我们两家经常结伴去秦岭玩。

春天的时候，我们在山上摘了很多野菜。香椿拌豆腐了，荠菜包饺子了，茵陈嘛，就蒸麦饭了。茵陈就是白蒿，有一种很特殊的类似于菊花的味道。做成麦饭，不损其香。

高老师说他没有来西安前，从来没有吃过茵陈。一吃就爱上了，所以采茵陈特别上心。为了采摘时能正确识别茵陈，不采错，高老师从手机上下载了图片，按图索骥。还不耻下问，向当地农人请教。高老师是科研工作者，严谨啊。

茵陈麦饭吃过了，紧接下来就是槐花麦饭。槐花麦饭是麦饭里最好吃的。对西安人来说，没有吃槐花麦饭就等于这个春天白白错过了。

槐花是指洋槐，也就是刺槐的花。和国槐没有关系，国槐开花要到夏天了。

四五月，如雪的洋槐花开了。秦岭里有的是洋槐，去山里玩，顺便采花，乐事也。懒得出城，市场有卖的。槐花季，哪家蔬菜店要是不进几筐子槐花，主顾就嚷嚷了。槐花不贵，三四块一斤。虽说漫山遍野都是，可那都是山里人家辛辛苦苦一把一把采摘后急急忙忙送进城里来的。洋槐带刺，很不好摘。

生的槐花香气就很足，很清芬，不像桂花那样跋扈，浓郁得让人打喷嚏。蔬菜店一摆槐花，蜜蜂就被招惹来了，飞来了又飞走。因为这出售的槐花都是守口如瓶，没有绽开的花苞，蜜蜂没法下嘴采蜜。这样的花苞才好吃，才能做麦饭呢。如果花瓣张开了，香气就散去大半，不好吃了。

槐花怎么吃都好吃，摊鸡蛋呀，包饺子呀，清炒呀，泡茶也可以。但是蒸麦饭是最正经的吃法。槐花麦饭蒸好后，整个屋子里都是香的。

我们家吃槐花麦饭的时候要炒西红柿，熬成浓酱，拌槐花麦饭吃。陕西人嘛，少不了再来点油泼辣子提味。别人家就不一样了，我看我们院子的王红老师家是槐花麦饭上撒上辣椒面等佐料，热油一泼，刺啦一响，和油泼面一个路数。不管咋吃，佐料不宜多，不能压住槐花的香气了。大美人，不浓妆，一个道理。

有槐花的日子，我们家几乎天天吃，不腻。反正好消化，也吃不胖。春天过去了，就吃不到槐花了。很多人在槐花下季的时候多买一些冻在冰箱里，慢慢吃。

洋槐原产美洲，后从德国传入我国也不过百来年，所以带个洋字。那么，没有洋槐花的时候是哪样麦饭领风骚？朱藤花麦饭呀。

《素食说略》上说了：“麦饭，以朱藤花、楮穗、邪蒿、茵陈、茼蒿、嫩苜蓿、嫩香苜蓿为最上。”看看，清朝那会儿，朱藤花麦饭排第一的。

“朱藤花压读书堂，分得桐阴半亩凉。”朱藤不是别的，就是紫藤，搭个架子就爬上去热热闹闹地开花了。西北大学里有两个园，一个是木香园，一个是紫藤园。我常坐在园里的紫藤下看闲书。每到紫藤开花，像瀑布一般泄下，蜂也来，蝶也来，我就无心读书了。可是我那时候根本想不到这花是能用来做麦饭的。

紫藤花和洋槐花长得就挺像的，只是颜色不同，都雅，一个高雅，一个素雅。

槐花麦饭好吃，构穗麦饭也不赖，各擅胜场，俱是春味。

我原来的单位在安远门，吃过午饭，我常去安远门附近的环城公园散步消食，有时候就在城墙下找个无人处躺着眯一会儿。

有一天，我看见一老嫂子在护城河边的树上摘啊摘的。当时是春天，树叶子才发芽，摘什么呢？好奇，跑过去问老嫂子。

老嫂子摘得正欢，渐入佳境，手都不停，告诉我，她在摘构穗。构穗，就是构树的花穗呀。那构穗灰灰的，像毛毛虫，看着还有些膈应。我问摘来何用？

老嫂子乐滋滋地说：“做麦饭，香得很。”

我不信，以为她哄我，走开了。

直到结婚后，我才吃到了构穗麦饭，构穗果真能吃啊。我媳妇每年春天都和几个好姐妹去摘构穗。她们出城，上白鹿原，有个鲸鱼沟，临水有一片构树林。提篮扛杆，双手开弓，必有收获。

我们家吃构穗麦饭也是浇上西红柿酱，加油泼辣子和蒜泥，拌一拌，可开动矣。配点甜甜的粟米羹或者热醪糟，更好。构穗麦饭的口感很糯，滑嫩。味道是像青团那样带着青叶的香气。老嫂子诚不欺我也。

到了秋天，构桃就熟了。构桃就是构树的果实，红果绿叶，好看。酸酸甜甜，更好吃，赛杨梅。不知何故，西安人只吃构穗麦饭，大多不吃构桃。构桃最终凋落一地，脏了地面。

秋游秦岭子午峪，还是和高老师一家。下山后，路边有几个老婆婆摆摊。有拐枣，可以嚼它的甜汁，赛甘蔗。还有柿子，分硬的和软的。另有各类菜蔬，没打药，有虫眼。

见一绿叶菜，竟不识，闻着有很怪的香气。一问才知是胡萝卜的嫩叶子，也叫胡萝卜樱子，五元钱一大捆。我们都不懂如何吃它。说蒸麦饭，我们就懂了。买回家裹面一蒸，真香。

还想再吃，念念不忘，可惜西安的菜市上，胡萝卜都是揪了叶子卖的。估计叶子都扔到地里或者喂猪了吧，可惜了。

秋天，新洋芋也从土里刨出来了。陕北人吃的洋芋擦擦其实就是洋芋麦饭。用特制的工具擦擦擦，擦成薄条，洗掉淀粉，裹面粉，蒸了吃。

我在西北大学读书的时候，学校附近有一家“陕北王二羊肉面”，来吃饭的基本是西北大学和西北工业大学的学生娃。他们正是长身体的时候，我亲眼见过篮球队的几个男生在这里一人点一碗羊肉面，一份洋芋擦擦，还要再来一根炖羊蹄，吓人。

这家店的洋芋擦擦是蒸好以后炒着吃的。干辣椒、大葱段、花椒粒放锅底，大火热油炒香，投入蒸好凉凉的洋芋擦擦，铁铲子翻炒，除过盐没有别的调料。等炒干、炒散，撒一把香菜出锅，盛出来满满当当小山样的一大盘。咬着蒜瓣吃，很过瘾。很多南方来的同学也来吃，埋着头，认认真真，居然也吃得很香。

这是素炒的，还可以加肉。但是老顾客都知道，素的好吃，加肉了反而喧宾夺主，不是那个味了。

老板娘浓眉大眼，是个典型的陕北婆姨，二十年过去，送走了多少届学生，竟然丝毫不见老。他家的洋芋擦擦也还是一直那么好吃，真不容易。

西安的麦饭十万八千个花样，唯有两种最特别。

一是馍花麦饭。秦人把馒头叫蒸馍，简称馍，馍花其实就是馒头渣。过去的人家过得节俭，馒头发绿长毛了，去其霉斑，揉碎了，撒上盐和花椒面，放生韭菜段或者葱碎，拌匀，拌散，蒸十五分钟出锅。吃时放辣子面和蒜末，泼热油，拌匀即可。

说着简单做着难，没有经验，一次很难成功。馍花麦饭做好了，才能得“松、软、散、香”四妙处。可惜，我没有吃过。

听一个同事说，她爷爷是一九四九年后第一代火车司机，省级劳模，就好这口，故意把馒头放发霉了好做馍花麦饭吃，吃一口馍花麦饭抿一口西凤酒，自得其乐。

还有一个是辣子麦饭。老陕爱吃辣子，关中八大怪里就有“辣子一道菜”。辣子麦饭我也没有吃过，因为做起来麻烦。先将青而未红的线线辣子（就是秦椒）切段、蒸熟、晾透、晒干，收藏之，吃时泡软和熟肉一起加面粉蒸制。据说用腊肉更有风味。

以上所说的麦饭都太素、太寡淡，用鲁智深的话就是“嘴里能淡出个鸟来。”

别急，麦饭也有荤的呀，那就是肉麦饭。用五花肉，有唐僧肉更妙。肉切片，姜也切片，撒盐，用花椒粉和五香粉一揉，拌上面粉上蒸锅。水滚了继续大火猛攻，半个小时后撤火再闷十几分钟就好了。我做的时候常加豆角和洋芋条，荤素搭配嘛。

西安回民街的粉蒸肉就是佐料腌好的牛肉裹面粉蒸出来的，不过他们叫其为粉蒸肉。吃的时候，老板会先问清楚你要肥要瘦，才揭开热腾腾的笼盖给你碗里盛。如果不怕腻，也可以向老板要一块热牛油抹在粉蒸肉上。刚出锅的粉蒸肉很烫，油脂瞬间就化了。

这粉蒸肉可以白口吃，也可以配热饼。解腻嘛，一靠大蒜，一靠酽茶。茶极热，喝下去心肝肺都烫坏了，俗称“烫心茶”，据说这样喝才过瘾。我是受不了的。

西安城里一些以西安小吃为特色的餐饮店，是能吃到麦饭的，其中以芹菜麦饭居多。野生的水芹菜自然不会有，粗杆的西芹也不适合做麦饭，做麦饭的须是细杆而多叶子的青芹。吃的人不少。当然年轻娃里也有弹嫌的，说有一股子中药味，年长的就会说："瓜娃呀，这东西，吃了降压。"

我常吃的一家店在文艺路，墙上有麦饭的简介，讲故事，不外是某个皇帝厌食，吃啥不香，一尝麦饭，龙颜大悦的俗套子。不过，麦饭确实古已有之。

唐朝的长安人在城里待腻了，也去周边郊游，常去的一个地方叫乐游原。那时的乐游原"生玫瑰树，树下多苜蓿"。李商隐逛乐游原还作了诗：夕阳无限好，只是近黄昏。

我读这首诗的时候常常在想，不知道他们回去时会不会顺手摘点苜蓿做麦饭吃。后来我知道了唐朝时候的麦饭和我们现在吃的麦饭不一样，两码事。

唐高祖李渊嫌他某个娃不乖，就将其"置之幕下，饲以麦饭"。关禁闭了伙食能好到哪儿去？可见那时候的麦饭不是好饭。唐朝训诂学家颜师古解释说："麦饭，磨麦合皮而炊之也。"就是把麦子磨碎，面粉和麸皮一起做熟了吃。想想都无法下咽。

宋朝的人作诗，也老提起麦饭，特别是陆游，"新炊麦饭满村香""岁乐家家麦饭香""半盂麦饭喜丰穰"……那时的麦饭是野人农夫之食，以此入诗不过是诗人借此标榜自甘贫寒而已，真让他们吃，打死都不吃的。古时候的寒食清明节祭祀用的饭食就是麦饭，做样子给死人吃。

所以啊，要吃好吃的麦饭，什么苜蓿麦饭呀、茵陈麦饭呀、槐花麦饭呀、构穗麦饭呀……欢迎大家来西安。

第五辑 >>

吟啸 终南
明月中

YINXIAO
ZHONGNAN
MINGYUEZHONG

采药歌

我曾在秦岭采访，路过磨盘崖。山壁高耸，景色极好。司机小郭特意停了车和我看景。

忽见对面山上的悬崖峭壁处有一人影，似乎在攀着绝壁上的崖柏，看得人心惊肉跳的。隔得远，人影小若芝麻。待要仔细观瞧，却被一阵山雾所遮。我问小郭是否看到了，小郭说，可能是采药的吧。

我知道小郭是此地人，问他认识不认识山里的采药人。小郭说，去年夏天他有个亲戚骑摩托车摔伤了腿，托他在当地买过活血丹和铁牛七，他是从一采药的邢姓老汉处买的，效果很好，一来二去，就成熟人了，见面就叫他邢叔。邢叔采药大半辈子，半个秦岭都在他的肚子里装着呢。

我让小郭约一下邢叔，小郭答应了。我却因琐事缠身，又没了时间，等见到采药的邢叔已经是两个月之后了。这时候已是深秋，恰好老寇也过来了，就叫上老寇一起去。老寇是我的朋友，搞音乐的，经常下乡搜集民歌。

和小郭所约的地方在马子河河口入山处。我和老寇去得早，等了十来分钟，小郭远远地来了，并不见什么邢叔。小郭从对面的石桥过来，一见面就解释，本来是一路来的，邢叔走得太慢了，怕我们等得着急，就先过来了。

听小郭说，邢叔原来住在山上，后来退耕还林、移民搬迁，这才落脚在了平地的村子。但是只要不下雨、不下雪，每天还是要上山的，挖草药换点零花钱。今年六十多了，有两儿两女，女儿都已经出嫁，小儿子在外打工，如今和老伴在大儿子屋里吃饭。

说话间就见河对岸慢慢走过来一个瘦瘦小小的老汉，手里拄着棍子，过了桥，走近了，才发现那是一把开山锄。

他的腰上扎着绳子，因为身后别着砍刀和旱烟杆了。身上还披了一个蛇皮袋子。那袋子，下雨了可以当雨衣用，采到药材可以当口袋用。这算是当地采药人的标准装束了吧。

见面打过招呼，邢叔也没有多余的话，只顾走，我们紧跟着。

从一片竹林绕过去，山壁上冲下来一挂瀑布。夏季雨水多的时候，瀑布肥壮，轰轰隆隆，很有气势。此时已经淅淅沥沥，瘦成小白蛇。再往后是一深谷，秋叶斑斓，小道嶙峋，可以由此上山。

风景虽好，无心去看。只因邢叔走得实在太慢了，我的心里暗暗叫苦：别说采药了，老人家要是走到一半腿软了，走不动了，是不是还要我们把他架下来？这个采药人多半是个假的。

越往上走，山路越陡峭、逼仄。我们几个不能并肩，我和老寇渐渐落到最后。小郭年轻，还时不时过来拉我和老寇一把。我喘着气停下了一张望，突然发现，邢叔已经不见了。

我有点慌，四处观瞧。一抬头，却见邢叔不知道什么时候已经跨过山间的两道溪流，距离我们有几百米远了。他还是慢慢的，一步一步，闲庭散步。

我这才意识到，这老汉，无论平地与山间，人家都是这速度。我们三个不由一起喊：“邢叔，走慢点，等等我们呀。”

邢叔停步朝我们招手：“快上来，有猕猴桃吃！”

紧步赶上，果然见邢叔双手掬一把猕猴桃。野生的，味道有点酸，小郭边吃边吐，还一边问：“邢叔，今天咱挖啥药？能挖到人参不？”

邢叔说山里的草药上千种，人参有是有，但不多，倒是有一种和人参长得挺像的草药，漫山遍野都是。

我们问是啥。邢叔说：“桔梗嘛。”

邢叔夸桔梗：“桔梗根是药材，祛痰的。腌了当小菜吃。酿酒，好喝。桔梗开花，好看。花是蓝色的，五个瓣。像唐僧戴的帽子，所以还有个名字叫僧帽花。一开能开小半年，半个坡都是蓝花花。”

邢叔接着说：“桔梗和人参长得像，就像一个娘肚子生下的两姊妹。它们最亲了，能耍到一块儿。后来进山采药的人多了，人参娘娘怕断子绝孙，就准备搬家呀。”

啊，邢叔在讲故事了。

邢叔接着讲：“人参娘娘临走前，嘱咐桔梗娘娘不要泄露消息。桔梗娘娘对天起誓，说绝不泄密，不然就黑心烂肝。人参娘娘放心了，就往辽东跑了。后来唐玄宗生病了，四处求药，吃了咱们秦岭进献的药材，好了。唐玄宗龙颜大悦，就要封赏哩。唐玄宗把桔梗错认成人参了，刚说要赏人参。桔梗娘娘就沉不住气了，赶紧说，她是桔梗，不是人参，人参早跑到辽东去了。这句话一出口，泄密啦，人都知道人参去东北了，所以都去东北挖人参。桔梗因为发过誓，所以应验了，以后真的黑心烂肝。你要是不信，可以比一比，其他地方的桔梗掰开了都是白心的，咱们这里的桔梗大多是黑心的，就是因为这个。”

我们听完齐声夸邢叔讲得好，很生动。

邢叔抿抿嘴唇，说：“胡说呢，胡说呢。我一进山，整个山里就我一个，连条狗都没有带。有时候也闷得慌，就一个人在那絮絮叨叨，自己说话自己听。”

说话间，到了一片地势较缓的坡地，只见一大片地上都覆盖着一种匍匐而生的藤蔓植物。邢叔从腰后摸出砍刀。原来，要挖葛根了。

一番操作，挖出的五六根葛根竟然有人手臂粗，我以为很粗了，邢叔却说：“不算粗，不算粗，还有更粗的。有的比姑娘的杨柳腰还粗些。”

邢叔说，一斤红薯可以提炼半斤红薯粉，一斤葛根只能出一两的粉。葛根有两种，一种是苦的，可以提炼药用的葛根黄酮。一种是甜的，直接拿热水冲了喝，比藕粉味道好。

小郭忙问，今天所采的葛根是苦是甜。邢叔的回答让我们多少有点失望，是苦的。

邢叔把挖出的葛根放在地上，摆整齐，准备下山时候再带下去，反正山中无人，也丢不了。他把葛根背下山，切片后铺在院子里晒干，自然会有药材公司来收购。

邢叔告诉我们，采药是分时候的，春天采什么药，夏天采什么药，都是有“下数”的。其中，七八月份最是忙碌。什么党参、天麻、柴胡、黄芩、黄芪、黄连、黄蘖……哦，还有猪苓，那是一种菌子。这几种草药挖完了，那几种草药又等着你了。什么石韦、石斛、木通、香薷、一支箭、十大功劳、八角莲……山中草药上千种，是咱一辈子都认不全、挖不完的。

说着不过瘾，邢叔又唱了个《采药歌》：

什么白，什么香，什么出土一杆枪？
芍药白，牡丹香，天麻出土一杆枪。
什么蓝，什么黄，什么长龙飞过江？
秦艽蓝，刺柏黄，木通长龙飞过江。

什么生在石崖上，什么无苗土里藏？

石斛生在石崖上，猪苓无苗土里藏……

不用说，老寇已经掏出手机录音了。邢叔唱完倒不好意思了，说他胡唱呢。

前段时间，邢叔收获了十大筐五味子。五味子状如葡萄、色如珊瑚。邢叔收获的五味子都用来酿酒了，如今在酒缸里发酵着呢。最近嘛，是深秋，邢叔采野菊花，摘野生猕猴桃，挖葛根和野山药。

邢叔说:“一会儿我带你们挖野山药去。山药你们都吃过，不稀罕，野山药你们一定要尝尝。它是在山石缝里长的，不直溜，扭七扭八，疙里疙瘩的。样子丑，味道却好。吃吃看，一比就知道啥叫好。”

挖葛根累了，邢叔坐着休息，抽旱烟。见石缝间生了大丛大丛的青草，邢叔让我揪一根尝尝。

我一尝，啊，韭菜。野生的韭菜。

此时，山沟里下半部分是阴的，像藏着心事。上半部分是明亮的，那些在光亮中的杂树和山石都闪耀着欢快的亮光，像在波光粼粼的海上。阴阳交界处是一个很明显的波浪状，那是隔壁山巅的轮廓。

聊聊天，说说笑笑，和邢叔就熟络起来了。没茶没酒没招待，邢叔恨不得把他的旱烟从嘴里拔出来塞到我们三个嘴里。

邢叔说起了过去的事。农业学大寨那会儿，社员修山中的沟台梯田，干活辛苦，民兵就带枪进山打猎，改善生活。有一次，一天打死了两只瞎子，就把瞎子当粮食吃呢。

瞎子就是熊。山里人习惯把野兽叫什么什么“子”。把狐叫狐子，把獾叫獾子，把豹叫豹子，把豺叫豺狗子，把熊就叫瞎子……

问邢叔见过大熊猫没有。邢叔咬着旱烟嘴，很坚定地说：“见过呀。”

我惊喜道：“近距离的？不咬人？”

邢叔说：“不咬人。在电视里看的嘛。”

分不清这是邢叔的幽默还是实在。看我们多少有点失望，邢叔马上找补道：“金丝猴经常见。金丝猴比熊猫好看。见了金丝猴是好兆头，能拾钱呢！”

邢叔又说：“不过，要到山顶，海拔高一些的林子里，运气好，就能碰到金丝猴了。你在林子里走着，突然树上有响动，哗哗哗，声音越来越大，那就是金丝猴来了。冬天金丝猴没啥吃了，就愿意接近人了，讨吃的嘛。”

我们一脸的羡慕。邢叔就更得意了：“好玩的多了。冬天，山顶的雪大。锦鸡和野鸡挨不住冷，也没法觅食，就都下山来了。锦鸡小，野鸡大。锦鸡比野鸡更好看。更好的是画眉。又好看，又好听。”

邢叔说到这里停下了，让我们听。真的，空谷里有悠扬婉转的啾啾鸟鸣。

到午饭时间了，见邢叔上山并没有带饭盒和水壶，我问："邢叔，在山上不吃东西吗？"

邢叔说他不吃。当地人习惯一天吃两顿饭。上午饭通常是糊汤加酸菜。吃完就上山，下山后吃下午饭，一般吃米饭，会有炒菜和腊肉，偶尔会喝点包谷酒。在山上采药基本不吃东西，只喝水，泉水。

山上处处有泉、有溪、有潭、有瀑。多路溪水潺潺而下，汇集成河，流下山去。水中有小鱼，半透明，活泼机警，不仔细瞧还真难以察觉。水里还有大鲵，也就是娃娃鱼。可惜昼伏夜出，都藏进洞里去了。水边红蓼和芦苇最多，红白相杂，风吹草动，气象茫茫。

我尝了口山中泉水，果然很清冽，有一股清甜之味。只是微凉，毕竟是深秋。

邢叔显然已经习惯了，咕咚咕咚了一气，用手背一抹嘴，说："要喝热的，再往上走，到蛤蟆台去喝。说不定还能碰到老乔。哦，那也是个赶山采药的，我们经常在蛤蟆台一起喝茶。"

看着满山的红叶，再往上走，一个多小时后终于到蛤蟆台了。这是一处平整的山崖，几棵被山风吹得东倒西歪的山松下有几块石头垒起的灶台，上面放了一把熏得漆黑的水壶。附近有一怪模怪样的蛤蟆状的巨石。蛤蟆肚子底下有垒得整整齐齐的干柴，雨淋不着。干柴里藏着茶叶和茶碗。

邢叔打水，生火，煮茶。茶好了，我们席地而坐，开喝。

真香啊，人一下舒展开了。捧着茶碗，看红叶满山，心生欢喜。日光底下，山风一吹，身上的疲乏顿时散尽了。

我们夸这茶好，邢叔说这其实不是茶叶，是他炒制的杜仲的叶子，有类似茶叶的香气，喝了能提神。当地人常用金银花、山楂叶、竹叶，还有这杜仲叶当茶喝呢，味道也不差。

很可惜，那天没有遇到老乔。老乔年纪大了，上山的次数已经很少了。邢叔望了望远处，说:“上山的都是我们这些老家伙，年轻娃都进城啦。”

喝完茶，邢叔要带我们继续上山。邢叔告诉我们，再往上走，可以看到冰洞。洞穴下斜，洞内有洞，深不可测。神奇的是，数九寒天时，洞内并不结冰，而在三伏天，洞内则挂满冰凌。

我问:“冰洞再往上呢？”

邢叔说:“再往上就可以到山顶，叫‘天棚’，可以看见西安钟楼的金顶。”

我们不信。我们也实在走不动了，加上下午还有别的安排，只能到此为止了。邢叔很是惋惜:“嗨，说好了，要去给你们挖野山药的。”

来得匆忙，没带礼物，临走时，我们在包里翻出了苹果和面包。邢叔说他牙不好，只留下了面包。邢叔嘱咐我们再来，冬天了去看金丝猴，夏天了去看桔梗花。说定了，不要哄人。

我想起“桔梗娘娘发誓”的故事了，就说谁哄人谁就黑心烂肝。邢叔一听咧嘴笑了，口里缺了个门牙。

我们撇着腿一步一步下山。邢叔又赶过来嘱咐：“上山容易下山难。路过板栗林，千万留神。最近那里起了一个蜂巢，有猪头大。被蜂蜇了可了不得啊。”

掐巧芽

我做记者那会儿，跑民俗口，和民俗专家王智老师把咱西安的郊县都跑遍了。

王智不管啥时候打电话一叫，我就跟着去了。没办法，跑民俗上瘾，天上下刀子我都要去哩。还有一点就是，那时候我风雨飘摇，光棍一条，人是逍遥人，身是自由身，要去哪儿就去了，不用请示汇报。

二〇〇九年八月二十六日，七夕，牛郎织女的好日子，鹊桥相会嘛。王智约我去西安郊县周至的终南镇豆村，看村里的七夕“掐巧芽”。

同车的还有我的同行，电台记者苗蕾。苗蕾波浪头，杨柳腰，银脸白牙，好看得很。因为苗蕾在，本人在车上话特多。当时我俩都是单身。

一进村，先闻唱戏声和鞭炮声。戏自然是秦腔，唱戏的是当地的自乐班，全是烤烟叶和油泼辣子造就的哑嗓子。

到了村里一大户人家的厅堂，就见供奉的织女像。真人大小，纸糊的银盆胭脂脸，目光炯炯地盯着人看，身上披着锦衣，瞧不见身段。

织女背插流苏四垂的七色伞，手持花扇，是街心花园老太太扭秧歌时舞的那种扇子——这样的织女怕正是乡人眼中仪态万方的正大仙容吧。

瞧一眼织女，瞧一眼苗蕾，真好看呀。香案前的贡品除了桃子、葡萄、石榴等时令水果外，还有油炸出的“巧果子”以及面花狮子馍馍。那狮子其实是烛台，插着蜡烛。狮子是一对，难辨雄雌。

香案上只供着一个孤零零的七仙女，不见牛郎。当地人解释，织女是神，牛郎是个农民，敬神不敬人。

不过，村里的校长，很有人文关怀的心胸，建议明年把牛郎和织女的像都做出来，供在一起，理由是，人家是两口子嘛。乞巧的对联也是这个校长写的：鹊桥结彩今夕会，银汉相通续情缘。字很大，墨很黑，村里人都说好。

入夜了，掐巧芽。其实在一个月前的农历六月六就开始用清水泡豌豆为主的五色粮食，泡出韭黄一般的嫩黄芽儿就是巧芽了。掐巧芽都是村里未出嫁的小女娃。

掐巧芽其实就是在七仙女神像前用巧芽占卜前程。掐个芽尖丢到一碗清水里，那碗底的影子若是像个锄头，就说将来是个做粗活的。若是像支笔，就说能考上大学。若像一朵花，那就是把巧乞到了，以后是个能捏绣花针的巧姑娘……

苗蕾看得心动，也忍不住试了下，王智说那影子像个蝴蝶。

苗蕾问啥意思。

我就开始胡说:“蝶恋花嘛，预示着你的爱情马上就来了。”

苗蕾“哦”了一声，喜笑颜开。

趁他们不注意，我在织女的眼皮底下偷偷给自己掐了一个巧芽。我看那影子是个“了”字，就像一柄如意的形状。是不是预示着我以后大富大贵、吉祥如意，可以当个大首长?

但是，我又不是女孩子，也不知道准不准。这么一想，就不敢轻狂了。掐巧芽完毕了，村里的女孩子都围起七仙女唱《乞巧歌》。围成圆圈绕着织女像转啊转啊，边转边用方言念唱。词很长，难为她们记得住词。

其词抄录如下:

瓜桃梨枣，年年有个乞巧。

七姑娘，下凡来。

尺子剪子都拿来，

给娃教针教线来。

教得好，才算巧。

三年活儿忘不了……

乞巧，乞巧，嗨嗨。

梧桐树，花儿开。

花又开，树又摆，

我把七姐拜下来。

一碗水，两碗水，

我给七姐漱口水。

一碗茶，两碗茶，

我给七姐洗白牙。

一碗油，两碗油，

我给七姐梳光头。

梳的梳，挽的挽，

穿的皮袄套花衫。

……

夜深了，戏棚里的唱戏之声停歇了，村人也大半归家。

主人招待我们吃饭。端上桌子的是烩面，面里有豆角、土豆、空心菜等菜蔬，也有大肉丁。门外就是菜园，园里就有空心菜和豆角。我吃了一碗，颇为可口。苗蕾没动筷子，忙着录音。把我心疼的，招呼她也吃一点，但她终究没吃。

我们临走的时候见几个上了年纪的大婶开始烧纸衣。入秋，天凉了，在替织女为牛郎送御寒的新衣服呢，这也是乞巧活动的尾声了。我们回城就更晚，一两点了。那天是个阴天，一路黑灯瞎火，抬眼不见银河，自然不见牵牛织女星了，是个遗憾。

但是，下车的时候，苗蕾主动要了我的电话。那一刻，我觉得，七夕节真是个甜蜜的好日子啊。

我们后来私下联系过几次。但是，世事难料，缘分没到，苗蕾只是我生命里的过客，嗖的一声，就从银河的这头划到那头去了。

二〇一〇年的七夕，记不清我在做什么了。不外是吃饭睡觉写稿子呗。二〇一一年八月二十八日，又是七夕。王智又叫我去西安郊县周至的司竹乡阿岔村。干啥？因为当地有个董永墓。董永就是牛郎喽。据说董永历史上确有其人，不少地方都争说董永是他们那地方的，比如湖北的孝感。孝感啥意思？“二十四孝”故事里，董永卖身葬父，孝感天地嘛。

在村中小学院内，我们见到了织女庙旁的董永墓——织女庙傍着董永墓，颇有些夫唱妇随的意思。董永墓一土丘而已。墓前原本有一石碑，可惜已是倒在地上断成三截的残碑，字迹不可辨。而早已被学校改作办公室的织女庙也仅剩一个外壳，娘娘塑像荡然无存了。

在参观中，来了几个村里挣大钱的能人，都自称是董永后代。他们正准备立新碑呢，还给我们展示了花了大价钱，寻情钻眼，请城里大书法家写的碑文。王智追问他们和董永的渊源，他们就有些急了，以为我们不信，说：“祖祖辈辈都这么说哩，咋就不是真的呢？董永就是我爷，织女就是我婆。”

该村七月七会搭七彩棚，耍七姑娘。这里的《乞巧歌》和豆村的词不一样：“花儿开，树儿摆，快把织女请下来。牵牛郎，写文章，笔墨纸砚都拿上……”

王智趁机教育我：“你听听，牛郎不是放牛娃，是读书人。不然能娶仙女？这道理古今皆然呀，小杨。”

把我听得心惊肉跳的，王智这是给我寻到病根了。我就是因为不好好念书，没考上大学，出了社会，好单位进不去，困在小平台蹦跶不起来，挣不下钱，挣不下名，尽管相貌和才华不算差，也枉然，没有女娃愿意跟我，所以情路坎坷，此生孤独。

那一刻，我想到苗蕾了。最后一次见面，苗蕾给我发好人卡，说：“你很好，但我配不上你。”

天上的仙女都配得上地上的牛郎，你配不上我。

这时候，村里有个光棍老叔，听说有记者来，就嘴里叼个烟杆跑到我们跟前，一言不发，默默站定，炫耀他烟杆上的玉雕关公。周围的人就笑了，嚷嚷：“让记者拍他哩。”

于是，我们大小两个光棍在织女庙前一个摆、一个拍，那一刻，夕阳西下，凉风渐起，画面美丽极了。

再过一年，依旧是七夕。我和王智去了长安县斗门镇，去看石爷和石婆。

汉武帝时，当地的昆明湖是练水兵的军事基地。池边有石人两尊，池中有石鲸一尾。唐朝时，昆明池荒废了。石人中的一尊被当地人建庙供奉，称为石婆。几公里外，又建一庙，把另一尊供起来，称为石爷。

这石爷和石婆就是牛郎和织女啊。所以来烧香的都是求儿女姻缘的。

石爷庙是个冷清小庙，而石婆庙的香火特别旺盛。大概是世人觉得石婆的神通大些吧。老婆老汉老嫂子，姑娘小伙牛牛娃，把石婆庙都挤满了，烧香哩，磕头哩。庙外套圈圈的都有四五家，有的套香烟，有的套饮料，有的套毛绒玩具。十块钱十个圈圈，玩的人不少，最后自己就被套了圈圈了。

我去看了石爷和石婆，该拜拜就拜拜。抬眼一瞧，石爷和石婆悄悄地，没有言传，我却大惊。石爷慈眉善目，清秀女相。石婆吹胡子瞪眼，倒像个男的。仔细看，还有胡子呢。

当地人糊涂呀，把人家两口子的性别给搞错了，错了上千年。我衷心希望石爷和石婆能在有关部门的协调下把性别换回来，最好两庙合一，夫妻团圆，也算是构建和谐社会的一件大实事。当然了，我又不是大首长，哪里会有人听我的，而我自己也难寻那个合一的人。

后来呢，我经过不懈努力，在相亲的道路上跌爬滚打，就像取经路上打怪一样，历经九九八十一难，终于取得真经，娶了个仙女，也算是祖上积德，天不负我。有个孩子，名叫杨之了。

后来我突然意识到，当年在豆村掐巧芽，我偷偷给自己掐了一个，那影子就是一个“了”字。

买酒去

好友老寇周末常开车带我进山去耍，常去的是秦岭山中一个叫柿子林的农家乐。在那里我们喝了世上最好的酒，山里人土酿的包谷酒。

柿子林的老板外号“剩饭哥”，也是咱朋友。老寇问这酒何处得来的，想搞几桶带回西安慢慢品。剩饭哥当下就给了一个包谷酒经济的电话。此人小名叫“狗牙”，是剩饭哥他老婆那边的一个亲戚，所以绝对货真价实，不会用酒精勾兑来日鬼捣棒槌。剩饭哥说啦，他敢卖假酒，把他狗牙打断。

一出剩饭哥的门，老寇就把电话打过去。狗牙很热情，说他家供的包谷酒是有名的杜家酒，八十岁的酿酒师傅杜老汉酿的。

老寇一听，表示想直接去杜老汉的酒坊拿酒，顺便看看包谷酒是咋做出来的。我爱凑热闹，对这些传统技艺也很有兴趣，也想去。

可以预料，电话那头的温度降下来了，还好，沉默了片刻，狗牙还是吐了几个字:“杏坪镇莲花村杜老汉，杜鼎年。”

问有没有电话，狗牙说八十岁的老汉，没手机。语气硬硬的。很显然，狗牙没赚头了，生气了，还说“你进村子嘛，一进村，闻着酒味儿就寻着啦”，然后就挂电话了。

人又不是警犬，我才不信。这也许是句搪塞加使气的话，但是万一是真的呢？这就令人无限遐想且神往了。

老寇不怕折腾，第二天就开着车带我买酒去了。

杏坪在山洼中三条河流的交汇处。杏树确实不少，到春日，杏花烂漫，有杏花村的意思。可惜，我们去时是深秋。过了一石桥，入山谷，山路，车颠摇厉害。隔着车窗看见路边有几个小娃坐在土堆上往下滑，一个个和土人一样，又脏又憨，又骁勇又可爱。

老寇把车停下，他们却跑了。我们喊小娃过来，问前面是不是莲花村。娃娃堆里有个带狗的，鼻涕一抹，把狗夹在两腿中间，不让狗往前扑，说这就是莲花村。再问村中有没有酒坊。几个小娃就都慢慢聚拢来了，抢答说有的。

趁热打铁，问杜鼎年老汉。几个小人就不知道了。环顾四周，视野里也看不到一间农舍，也看不到一片农田，只是山，这算什么村子呀。

老寇说我鼻子尖，让我闻有没有酒味。我下意识地嗅了嗅，当然什么都没有了。不不，有味道的，那是山的味道呀。石头有石头的味道，树有树的味道，草有草的味道。石缝的臭板虫有味道，吹来的风有味道，树上的鸟拉个屎也有味道啊……

又问小娃哪里能找到村里的大人。他们说再往前走，进村了再问。小手一指，那是山谷的深处。

告别这群泥娃娃，沿着山谷继续前行，一侧是料峭的山壁，一侧是山涧的流水，因为有错落，水流时缓时急。走了一个多小时，才见到几户歪歪扭扭的人家胡乱散落在山中的缓坡上。这莲花村够大啊。

我们去了最近的一户人家，那也是个乡村小商店，卖些方便面、水果糖、打火机之类的杂货。结果，问来问去，根本就问不出来个结果。酒坊倒是有，村里十户里九户就做酒，会做酒的老人里上了八十的也有两个，但是不叫杜鼎年。

老寇疑心狗牙说错了，打电话过去，狗牙一口咬定就在莲花村，还说“找不到那是你们没有好好找”，态度依旧不好。

我们不甘心，又问开小商店的老乡：“咱们当地就一个莲花村吗？”

回答：“就这一个莲花村。”

又问：“确定没有杜鼎年这个人？”

回答：“我们村里姓刘的最多，另有姓童的，姓孙的，就没有姓杜的。”

我们面面相觑，开始分析。

老寇觉得，世上根本就没有杜鼎年这个人，是狗牙杜撰出来的。不然问他电话号码，他为什么死活不说呢。现在谁没有手机啊，就算老年人没有电话，人家的子女总该有吧。我觉得有一种可能就是，莲花村有杜鼎年这么个人，但是小商店老板不愿意告诉我们，因为几乎家家户户都酿酒，知道咱们是来买酒的，就不愿意把生意让给别人了。但是转念又觉得不对，此人面相淳朴，神情看着也坦荡无诈，应该是想歪了。

杜鼎年，到底有没有这个人呢？看着秦岭山中雾气和天上的云牵连在一起，我突然就想起，我闺女这几天正在背的唐诗："松下问童子，言师采药去。只在此山中，云深不知处。"

罢了，罢了，只得打道回府，临走前，在村里的小商店买了糖果，准备返程遇到那些小泥猴了，送给他们。

买糖果时，就看从小商店屋后的山道上下来一队人，是考古队的，个个手里都拿着工具，提着箱子，背着包。其中除了两个当地的向导，还有一个大鼻子老外，还是女的，脸上贴着创可贴。

这伙人一进店就买方便面，嚷嚷着让店主烧开水，好泡面吃。老寇是个人来熟，已经和一个戴黑框眼镜的大胡子聊上了。

原来，这队人是研究悬棺的。他们已经在秦岭山中待了三四年，发现了大大小小三千多个崖墓，时跨战国到魏晋。

听说我们是买酒来的，大胡子大喜，引为知己，从怀里摸出了一个便携小酒壶来，说要我们尝个稀罕。带着好奇，老寇和我也不嫌大胡子腌臜，都尝了一小口。呀，酸里带甜，甜中有涩，淡淡有酒香，说不清的怪味道呢。问大胡子是什么酒，他卖关子不说。最后还是他的几个同事说了，原来，那是猿猴酿的酒。

据说，秦岭的猿猴喜欢喝酒，也会酿酒。它们会在山中搜集被白蚁蛀空的朽木，以此为酿酒器皿。山中的野果多的是，采集来多汁水的，填充在朽木的空洞中，覆盖上阔叶，再压盖上土石，一段时间后就自然发酵成酒了。猿猴会把酒藏在悬崖峭壁上，慢慢饮用。

大胡子是个酒鬼，在山里没酒了，就去偷猿猴酒。要知道，大胡子就是整天攀悬崖登峭壁的，偷个酒那是顺手牵羊啊。不过，不能全偷，和采蜂蜜要留底是一个道理。猿猴发现酒少了，也不过长啸几声泄愤，要是一滴酒都不给剩下，猿猴气性大，就拿自己的脑袋往岩石上撞，都能把自己撞晕了。

这猿猴酒虽说不甚可口，但也聊胜于无，再加上常喝，竟也上瘾了。所以这大胡子就到了怀揣猿猴酒、没事抿几口的地步。当地人传说喝了猿猴酒能治这病那病，其实也是猎奇，胡说八道呢，好多人求着要喝他的猿猴酒，要拿成倍的好酒和他换。他也不换，但是遇到对脾气的人，却慷慨得很，主动掏出酒来请你喝。你不喝他还生气呢。

大胡子是湖南人，复旦大学历史系的高材生，一辈子爱读书、喝酒、交朋友。

和大胡子告别后，退出山谷，可惜一路上并没有遇到那些猴娃娃，不知道又跑到哪里去了，糖果也没送出去。

老寇和我终究不甘心，又继续找起了酿酒老人。

这天，飘着毛毛雨，又阴又冷，远处的山顶都被裹进一团团的雾气里，就好像大山变成了蘑菇头。

我对老寇说，这事要靠政府呢。

我们到了杏坪镇政府服务大厅，一说来由，一个女办事员说她印象中杏坪当地似乎有个酿酒师傅是非物质文化遗产的传承人，或许就是我们要找的杜老汉，但是叫啥名字、在哪个村，就说不清了。

然后，这个女办事员又说她有个亲戚是唱花鼓戏的，也是非遗传承人，或许彼此认得，就很热心地打电话问他这个亲戚。

结果，她这个唱花鼓戏的亲戚更热心，说认识杜老汉，要带我们去。

哎呀，柳暗花明啊，我们喜出望外。

开车接到了那唱花鼓戏的非遗传承人，那是个五十多岁的精瘦汉子，姓火，当地人就直接叫他火。火说了，杜老汉不在莲花村，而是临近的十里坡村。

啊，真不知狗牙是记错了还是故意乱说。嗨，不细究了。

有火这个当地人带路，一路顺畅。开车进山，到一山谷处，车不能行了，但是远远看到一栋刷了白灰的老房子，那就是杜老汉的家，比一般人家要高，因为是两层。屋高而窗小，远看犹如碉堡。

沿着溪水而行，到了那栋老房子跟前。没有院墙，是一座有年头的老房子，背后是山，缓缓的山坡上有几棵板栗树。门前是溪水，很清澈，就是酿酒的水源。但是并没有闻到酒香，一是因为草木味太盛，二是未到酿酒的时节。此地酿酒一般都在正月了。

走近了，见房门开着，屋里黑洞洞的，正要喊人，屋里就窜出了一窝猫。

这窝猫一冲出来就四散了。接着出来了一对老夫妻。老妪眼窝深陷，驼背，端着半碗洋芋拌汤。老汉是个高个子，年轻的时候估计更高，如今驼了。他的牙齿所剩无几，手上的骨节异常地大。他们实在太老了。

老汉就是杜鼎年。

火扯着嗓子喊："老汉叔，你认得我不？咋俩是同志哩，你是杜传承，我是火传承，咱们都传承哩。我带了两个西安来的客人喝酒来啦。"

杜老汉划拉着手，表示欢迎。脸上皱纹更深了，因为在笑。

我一看到杜老汉，就不由联想到了山里会酿酒的老猿。然后再看这老汉，一脸褶皱，长身大手，越看越觉得像个老猿。

正胡思乱想呢，就听火在一旁介绍起了杜老汉的一些情况。老汉有两个儿子。老二是个光棍，原来在西安收破烂，一人吃饱全家不饿，真正逍遥快活，去年才回来，毕竟爷娘老子一天比一天老了，身边没有个人不行。杜老二此时不在家，去邻村送酒去了。老大呢，得肺尘病已经去世多年了。

提到杜老汉失子之痛火也不回避，杜老汉也在一旁点头称是。当地人看待生死的态度大抵如此。

这家的老屋有百年了，住过好几代人。底下一层住人，也放酒桶。人吃饭、睡觉都和酒在一起，酒气充塞在屋内的空气里。

我又胡思乱想，划一根火柴会燃起蓝色的火苗吗？

老屋上面一层放粮食，主要是酿酒用的玉米，一袋一袋，码得整整齐齐。屋顶倒悬着几只蝙蝠，好兆头，家里有福。贴着老屋的外墙，矮矮地搭建起了一间厨房，顶上的不是瓦，是当地山上采来的石板。年深日久，石板黑油油的。

几个人去酒坊看了下，就在屋后，是一个露天的棚子，有什么地锅、天锅、酒蒸子之类的器具，看着并不出奇。然后都坐在院子里，每人屁股下塞一个小板凳。杜老汉拿出酒来，一人倒了一杯，让随便尝。

老寇开车，不敢喝，只闻了闻就说好酒。我来了一口，用舌尖抿着，滋味一点一点就上来了。

这时，杜家老二回来了，两脚泥，推着个半旧自行车。这杜老二也是个半大不小的老汉了，梳了个花白大背头。听说是西安来的客人，车子一丢就过来握手："哦，哦，我也算半个西安人哩，原来也在西安工作。退休了，就回来了，到底还是咱们山里的空气好，哈哈哈。"

闲聊几句，杜老二听说我原来是记者，喜道："我最爱看你们《都市快报》节目啦，那几个主持人丫头子长得也让人心疼。对了，我还给你们电视台的热线打过电话，说不定就是你接的电话哩。"

我忙解释自己原来在报社不在电视台。

杜老二一挥手："肯定是你，声音我记下了，就是你这声。我看呀，咱们有缘。"

老寇在一旁笑道："哈哈哈，既然有缘，那要给我们优惠哩。"

杜老二开始嘟嘟囔囔："纯粮食的酒哩，现在粮价这么高的，我家的酒都没提价，还是一斤十二。现在收一麻袋烂易拉罐瓶瓶都要三十哩。"

杜老汉支派他干个啥活儿去。杜老二不愿意，不去，说他陪客呀，嫌杜老汉不会说普通话，城里的客人要听不懂可咋办呀？火说他会说普通话，他能当翻译。

杜老二说："你那醋溜普通话。你在西安待过？你钻过城门楼子，你逛过火凤凰，你吃过老孙家？"

火说："你会的普通话就'废书废报纸，废铁废铜尿盆子'这一句，你当我不知道？"

老寇和我偷偷摸摸地笑了，杜老二要来撕火的嘴，火嘴硬硬的："你敢！我人是传承人，嘴是传承嘴，受国家法律保护，神圣不可侵犯。"

玩笑了一阵子才说正事，杜老汉说起了他的酒。有方言不通的地方，火果然就在一旁翻译了。杜老汉说一句，火可以连解释加发挥，说上十句。杜老二就说火是个"十二能"。

火看样子应该是懂酒的，比如，他说当地人如何辨别酒的好坏，就是要始终保持酒液的"三花"：提汲满花、摇动细花、杯中堆花。你听听，人家说得很专业嘛。

火还说了，当地除过包谷酒，以及甘蔗酒、拐枣酒、麦子酒，其他花样也多得很。比如，柿子酒、红薯酒、生地酒、五味子酒、野山楂酒、野葡萄酒……

火说："我们这里把酒叫'开烧锅'，一到正月家家户户都要开烧锅。你们要是那时候来，能喝上新出的头曲酒，还是热的呢。当然了，不会拉女客进酒坊的。有个说法，要是女的进来酒坊，恰好这个女的来了大姨妈，整锅的酒都变酸了。迷信啊，反正我是不信的，哈哈哈。"

杜老汉话少，但是喝酒很猛，嘴就没停，真是喝自家的酒不要钱啊，喝白开水一样。据杜老二说，杜老汉一年喝的水不会超过三热水瓶，也就是夏季会喝几口水，其他时候口渴了，就倒上半杯酒喝。

杜老二一指他老父亲："蚊子都不敢吸他的血哩，一吸就要酒精中毒。"

火则说："我们山里冬天晚上夜长，没事做，要是不喝酒那只能往炕上一躺，做一些违反计划生育政策的事。所以嘛，人人都能喝的。酒嘛，好东西。女人喝了都觉得自己是杨贵妃。男人喝了觉得个个女人都是杨贵妃哩。然后嘛，还是往炕上一躺，又违反计划生育政策啦。"

杜老二就骂："你个骚火，你就跟我这没老婆的人说这？"

火说："嘿嘿，你没老婆，怪我？"

我已有醉意了，软软地坐着起不来。一只猫窜过来，用尾巴撩人，莫非也想讨口酒喝？迷迷糊糊中，就听老寇的声音："一桶二十斤？我拿上五桶吧。"

四样果

在小说《西游记》里，唐三藏的取经团队回到长安，唐太宗设宴欢迎，摆出的果子是橄榄林檎、苹婆沙果、慈菇嫩藕、脆李杨梅。嗨，大多不是本地果子呀。西安本土最好吃的四样果应该是它们：

户太八号葡萄

秦岭脚下的西安鄠邑区，也就是原来的户县，有一片两河交汇之地，出产户太八号葡萄。好的葡萄不仅要甜，还要有那种近似于麝香的浓郁香气，它做到了。

在西安人的心里，户太八号才是葡萄，其他的不算。甚至常有西安人向新疆人打问：新疆葡萄沟的葡萄有户太那么好吃吗？

每到户太上市时，西安人的幸福值都会明显提升。爱睡懒觉的起早，就为赶早市买几串挂满了白霜果粉的户太，一家人都馋着呢。果筐底下掉落的葡萄粒也有人买呢，买回去酿葡萄酒呗。

我原来上班的时候，办公室有个女娃，樱桃嘴，极小，世无双。有个怪货老爱逗趣人家。某天，怪货买来户太葡萄送给这女娃吃，不是献殷勤，就是想看这女娃的嘴能否塞进整粒葡萄，因为户太的果粒硕大，赛乒乓球。结果这女娃也不客气，一口一粒，一口一粒，吃了个过瘾，都没有给怪货留。怪货怏怏道："以前以为你是樱桃嘴，原来是个户太嘴呀。"

户太八号葡萄之父叫纪俭。我曾经联系过，准备采访。当时是冬天，他还邀请我去他们西安葡萄研究所品尝长在冰天雪地里的户太冰葡萄。后来因故未去，遗憾。

纪俭其实最早是个基层文艺工作者，在县剧团吹笛子，据说演奏水准很高。后来他撇下笛子去种葡萄，有心人天不负，十年辛苦培育出了好葡萄，甜了那么多爱吃的嘴。

周至猕猴桃

猕猴桃为什么叫猕猴桃。或因猕猴喜食而得名，或因果皮覆毛，貌似猕猴。说不清了，反正就叫猕猴桃，听起来就是这么活泼可爱。

西安周至出的猕猴桃，味道奇香。有一个说法是，周至猕猴桃味道里有草莓、香蕉和菠萝三者的混合香气。有趣，这和"金圣叹遗言说豆干和花生同嚼有火腿滋味"的故事异曲同工。我拿来草莓、香蕉和菠萝比了下，觉得好像真是如此，也不知道是不是心理暗示。

西安人买猕猴桃基本是成箱买。每到猕猴桃上市之时，西安人的微信朋友圈里一定有几个周至朋友在卖猕猴桃，下了单，就送到家里来了。有的关系实在太好了，买一箱还送一箱。

买回来的猕猴桃是硬的，箱子里放个苹果或梨，可以催熟。然后就等着这一箱猕猴桃慢慢变软，软了才最甜啊。

周至猕猴桃的品种很多，其中徐香和翠香最出名。徐香和翠香这名字听起来真像俩姐妹啊，名字虽土心里美。

我爱翠香。又早熟，又甜美，我一天可以吃三四个，媳妇不拦着就是七八个。我都不明白，为什么可以这么甜呢，甜到令我怀疑人生了。

苏州的老友每年给我邮寄枇杷，我就给他邮寄周至猕猴桃，甜死他。

临潼石榴

石榴花是西安的市花。西安街上常见石榴树，花落了就挂满石榴。不过没有人摘，是西安人素质高，也是因为那是赏花的石榴，果子是酸的，没法吃。西安人都知道，要吃就要吃骊山脚下的临潼石榴呀。

临潼的石榴为啥好吃？华清池的水一半给杨贵妃“温泉水滑洗凝脂”了，一半给临潼的石榴树浇水了，这一浇就浇出了“榴枝婀娜榴实繁，榴膜轻明榴子鲜”。这句是李商隐的诗。

用水果刀在石榴顶部划英国国旗——米字纹路，然后掰开，显出籽儿来，如阿里巴巴的宝库打开，珠光宝气耀眼睛。最好是用玻璃碗来盛石榴籽儿，就像葡萄美酒要配夜光杯一样。玻璃碗和石榴籽都是晶莹剔透的，灯光下更是好看。好看得让人都舍不得吃。

我家买了石榴都是先供佛。佛闻够味儿了，我再吃。

想起了一首诗。武则天写给高宗李治的，很有少女情怀：“看朱成碧思纷纷，憔悴支离为忆君。不信比来长下泪，开箱验取石榴裙。”

这首诗是武则天的内心独白：我好想你，恍恍惚惚，眼神不济，红的绿的都傻傻难分仔细；我憔悴，我流泪，如果你不信，那就来开箱看看我石榴裙上的泪痕。

由于武则天的酷爱和推崇，等她掌权后长安没少种石榴。那时候的长安“苜蓿榴花遍近郊”。这也是李商隐的诗。

火晶柿子

在西安回民街，石榴汁必定是临潼石榴榨的，而柿子饼，必以临潼的火晶柿子为原料才正宗。

火晶柿子好看，挂在树梢，日光一照，艳似火球，亮如水晶，所以叫火晶柿子。

用火晶柿子的果浆和面，包上葡萄干、玫瑰、核桃等馅料，再经油炸，就是西安人爱吃的柿子饼了。逛回民街少不了买一个刚出锅的柿子饼，烫，边吹边吃，边吃边逛，这才有意思。像伊古斋黄桂柿子饼、刘家楼柿子饼、老白家柿子糊塔……这些老字号，都可以尝尝的，不踩雷。

网剧《长安十二时辰》里，雷佳音吃火晶柿子很俏皮，插了个麦秆当吸管，吸蜜汁呢。这不是演戏。火晶柿子软化后软糯多汁，无丝无核，确实可以吸食。清凉如盛夏戏水，甜蜜似初恋香吻。

我在秦岭柿子林认识了一个叫志峰的和尚。他带我去他的小庙玩。路过柿子树下，志峰看见树枝上有几枚软透了的柿子，红得像南红玛瑙雕琢出来的，遂小心摘下，分食之。

我们一僧一俗就蹲在树底下吸软柿子玩。在柿尖咬出小口，吸尽蜜汁，柿子就剩下薄薄一层皮了。这时朝小孔轻吐一口气，把瘪了的柿子吹得饱满如初，这才叫完美呢。

于是乎，俩人一人手心里捧了一个轻飘飘的柿子气球，哈哈大笑起来。

市井·提着刀的诗人

一碗面条一头蒜，静卧肉案刀相伴。借问心雨何处去，绞肉切丝饭口间。

建国门综合市场内也有个卖肉的，叫任新宇。老任做的生意油腻，但人是个清朗才子，是提着刀的诗人。

与一人·践一城

羊肉泡馍

吃羊肉泡馍，要端个碗先掰馍。所以吃泡馍特别适合两个知心好友对坐而食，碗对碗，面对面，心对心，一边从从容容掰馍，一边轻轻松松聊天，等馍掰好煮好，热热乎乎一吃，那叫一个和谐圆满。

与一人，踱一城

一人一城